Ena Lucía Portela

El viejo, el asesino, yo y otros cuentos

edición de

Iraida H. López

- STOCKCERO -

1st. Stockcero edition: 2009

ISBN: 978-1-934768-25-9

Library of Congress Control Number: 2009938012

Set in Linotype Granjon font family typeface
Printed in the United States of America on acid-free paper.

Published by Stockcero, Inc.
3785 N.W. 82nd Avenue
Doral, FL 33166
USA
stockcero@stockcero.com

www.stockcero.com

Ena Lucía Portela

El viejo, el asesino, yo y otros cuentos

Indice

Prólogo

Toda generación tiene sus orígenes: Cuba al filo de los noventa

Si hay alguna fecha que anuncia la irrupción en la esfera pública de un grupo de narradores cubanos nacidos después de 1959, año del triunfo de la revolución cubana, es la de 1993, cuando aparece la antología de cuentos *Los últimos serán los primeros*, editada por el crítico Salvador Redonet. La antología, cita de rigor en los estudios sobre el cuento contemporáneo en Cuba, reúne a escritores, entre ellos a Ena Lucía Portela, que habían empezado a escribir tiempo antes, pero que, excepto a través de talleres literarios, apenas habían publicado sus textos debido a las circunstancias peculiares en que se encontraba la Isla en aquel momento de estremecimiento mundial (Mateo Palmer 49). La caída del muro de Berlín en 1989 y el subsiguiente colapso del campo socialista en la Europa del Este sacudieron el mundo, repercutiendo sin misericordia en la distante Cuba, la cual había recibido hasta entonces cuantiosos subsidios por causa de su inserción en la economía de los países socialistas. A raíz de la súbita eliminación de la ayuda económica, no sólo faltó el papel que permitiera imprimir el trabajo de esos jóvenes, sino el combustible, el transporte, la energía eléctrica, los alimentos y los artículos de primera necesidad. Empero, la carencia de papel era de primordial importancia para los escritores, como comentaría después Ena Lucía Portela en un ensayo, refiriéndose a sí misma:

> Quien escribe esto, valga la precisión, apenas ha salido del cascarón, aprendiz que comienza sin saber dónde terminará y que, poco a poco, a veces de golpe, se abre a un mundo, a un orden bien desordenado, donde el coco, el monstruo negro, el espanto y horror de los horrores ... no es precisamente, como muchos creen, la censura o las persecuciones, no. Es la falta de papel, que determina la falta de muchas otras cosas («Literatura vs lechuguitas» 71).

Cuentan que, sin dejarse vencer por la crisis cotidiana, los jóvenes escritores se pasaban los manuscritos de mano en mano, en espera de tiempos más prósperos que les permitieran darlos a conocer. En un texto fechado en 1992, Margarita Mateo Palmer escribía que una «soterrada ley de difusión, más cercana a la tradición medieval de copistas enfebrecidos y bardos ambulantes que a la época de las fotocopiadoras o del WordPerfect y el Ventura, desafía el silencio y el anonimato con máquinas Underwood y Smith Corona de mediados de siglo» (49-50). Evidentemente, la literatura no fue inmune a la crisis. Si en el período de 1983 a 1989 se publicaba en Cuba un promedio de 2.339 títulos al año, en 1993 se publicó un total de 568.[1]

Sin embargo, hacia fines de la década del noventa, no solamente las editoriales nacionales recuperarían parte del terreno perdido, gracias a la colaboración con editoriales extranjeras, sino que también se abrirían las puertas de las editoriales extranjeras a los escritores cubanos. El renovado interés contribuyó a fomentar lo que los críticos han llamado «la moda Cuba» (Campuzano, «Literatura de mujeres» 165), «la cubamanía» (Durán 107) o simplemente el nuevo *boom* cubano (Whitfield 11), cuya manifestación popular más conocida acaso sea el éxito internacional del Buena Vista Social Club. Sin duda, el interés global por la Isla se redobló y Cuba volvió a ponerse de moda, aunque su rostro se hubiera transformado. Y era lamentablemente ese nuevo rostro, marcado por los efectos de la crisis, el que se buscaba para ofrecer al lector. Jorge Fornet comenta que las casas editoriales extranjeras, sobre todo españolas, que se interesaron en la literatura cubana, esperaban encontrar en ella una imagen de la nación en consonancia con la coyuntura anteriormente descrita (Fornet 98-103). La literatura debía reflejar la «realidad». Irónicamente, se creaba así un paralelo entre tales expectativas y las que operaron sobre la narrativa cubana de los años sesenta en cuanto a la noción de literatura como reflejo de una realidad que se supone unidimensional y homogénea: una a nombre de las demandas del mercado de consumo (la de ahora) y, la otra, de la ideología revolucionaria (en los sesenta).

Salvador Redonet llamó a ese grupo de escritores los «novísimos» por entender que su ficción encerraba algo no visto hasta ese momento. La temática y experimentación formal traslucidas en los

1 Carlos Alberto Más Zabala, «Las nuevas del libro en Cuba». *Revista del libro cubano* 3. 1 (2000): 49-52 (citado en Esther Whitfield, 13).

cuentos de Ena Lucía Portela, Rolando Sánchez Mejías, Ronaldo Menéndez, Alberto Guerra Naranjo, Alberto Rodríguez Tosca, Rita Martín, Ángel Santiesteban Prats, Amir Valle Ojeda, Verónica Pérez Konina, Daniel Díaz Mantilla, Alberto Garrandés, Ricardo Arrieta, Roberto Urías Hernández y otros nacidos entre 1959 y 1972, anunciaban una ruptura en relación con la hornada anterior.

No deja de ser llamativo que la aparición de una expresión novedosa en la literatura cubana coincidiera con una crisis que traería consecuencias inimaginables, al alborear la década del noventa, para Cuba –una Cuba que sufriría a partir de entonces circunstancias asimismo nuevas, y más que nuevas, insólitas. El fin del milenio vino acompañado de la obligada apertura a la economía mundial, la inversión extranjera y empresas mixtas, el turismo, y la dolarización de la economía (de 1993 a 2004 se permitió legalmente el uso del dólar en territorio nacional), a la vez que en la esfera política se reafirmaron los principios de la revolución socialista y la adhesión vertical al partido único. No es de extrañar que el desfase (la retórica revolucionaria-socialista, por un lado, y ciertas prácticas reñidas con el socialismo, por otro) generara anomalías tales como la doble moral y el jineterismo (prostitución de nuevo signo), además de una desigualdad social cada vez más patente, el visible deterioro de la infraestructura y la determinación a sobrevivir o «resolver» a como diera lugar, incluso a riesgo de infringir las leyes y sufrir las consecuencias –para no hablar de la determinación de muchos a abandonar el país. Vale la pena citar un fragmento del libro de una crítica cultural como Mateo Palmer, quien conoció de primera mano la problemática de ese grupo de escritores cubanos, los novísimos, enfrentados a dicho panorama:

> Hay en ellos una constatación, desde una edad muy temprana, de la distancia que existe entre la historia oficial –aquella que se divulga, por ejemplo, a través de la prensa– y la historia real que viven cotidianamente en las calles. La ruptura que estas experiencias ocasionan en el plano ético –mas no sólo en éste– contribuyen a la fragmentación del sujeto; una fragmentación que en Estados Unidos, en Chile o en Brasil responde a otras causas, pero que en Cuba aparece íntimamente vinculada con la incorporación de diferentes formas y el uso de múltiples máscaras que se superponen en la vida cotidiana (Mateo Palmer 174-175).

Es lógico, pues, que en la escritura de los novísimos se deje entrever la denuncia y la crítica (aunque éstas sean veladas), no sólo por el rol contestatario que el escritor y el intelectual han jugado a menudo, sino porque la clara situación de envergadura no se prestaba para menos. Sin embargo, no todo fue negativo. Al reducirse los fondos de las instituciones culturales oficiales y, por ende, el control que las mismas podían ejercer sobre los contornos de la cultura nacional, surgieron nuevos espacios para la creación –espacios cuyos límites cada escritor debe tantear. Como comenta Portela en una entrevista, sólo oteando el horizonte puede determinarse el nivel de tolerancia hacia las críticas y hacia las nuevas propuestas. Las transgresiones pueden costar caras: provocan el silencio en los medios de comunicación, al igual que la falta de reconocimiento oficial y las oportunidades para viajar al extranjero (López 87).

¿Qué aportan de nuevo los novísimos?

Ya fuera por el interés un tanto sensacionalista de la industria del libro o por la realidad imponente, muchas de las actitudes provocadas por la crisis harían su aparición, explícita o implícitamente, en la narrativa de esos años de crisis, eufemísticamente llamados «Período Especial en Tiempo de Paz». Sus particularidades adquieren relieve en el contexto de la literatura cubana desde 1959. A partir de lo que ha señalado la crítica, un resumen apretado y necesariamente esquemático del cuento en Cuba identificaría tres etapas. La primera (1959-1969) está constituida por la «literatura de la violencia»[2], en la que se exploraron temas épicos relacionados con la lucha revolucionaria, la necesidad de sobrevivir en un ambiente cercanamente hostil, y el proyecto nacional de crear una nueva sociedad, sin rémoras del pasado, en un estilo de «duro realismo» (Capote 21). Los sesenta fueron «los años duros» (título de una colección de cuentos de Jesús Díaz) durante los cuales los escritores no debían darse el lujo de regodearse en la fantasía, la ciencia ficción o la evasiva –tendencias arraigadas en la literatura cubana anterior a estas fechas– ante las presiones de la epopeya revolucionaria que se gestaba ante sus propios ojos y que

2 Según Zaida Capote, es posible que haya sido Arturo Arango el que puso este término, «literatura de la violencia», en circulación, en un artículo aparecido en 1978 (n. 27, 23). Tres de los escritores que se destacan en el cultivo de dicha literatura son Jesús Díaz, Eduardo Heras León y Norberto Fuentes.

exigía la atención de todos los sectores de la sociedad. Las obras enfocadas en otros aspectos de la vida humana o la vida cotidiana, como muchas de las escritas por mujeres, u obras en las que estuviera representada la mujer en los fueros de la domesticidad, aun con la revolución como telón de fondo, fueron sencillamente silenciadas y excluidas de aquel canon (Campuzano, «Literatura de mujeres» 143). No se trata de que no existieran, como Zaida Capote demuestra, sino que eran invisibles, dado el enfoque de una crítica miope, por patriarcal.[3] Mirta Yáñez y Marilyn Bobes denuncian el lugar relegado de la narrativa femenina de la misma etapa en el prólogo suyo a la primera compilación de cuentos escritos por mujeres publicada en Cuba jamás, *Estatuas de sal: cuentistas cubanas contemporáneas* (1996).

La primera mitad de la década del setenta tuvo la dudosa virtud de pasar a la historia literaria con el nombre de «quinquenio gris», término acuñado por Ambrosio Fornet para referirse a la pobreza de la producción literaria que la caracterizó (López Sacha 66). Para algunos, el quinquenio fue en realidad un decenio que se extendió hasta 1982 (Redonet 11). En dicho período, según Redonet, se efectuó el «recrudecimiento de una compleja lucha ideológica, especialmente en el campo de la cultura», cuando el valor de la literatura venía determinado por razones extraliterarias. Para algunos, la literatura debía estar supeditada a los lineamientos de la revolución. Así, figuras como Virgilio Piñera o Gastón Baquero fueron marginadas o acalladas.

La literatura cubana vuelve a cobrar vigor alrededor del año ochenta, cuando se inicia la segunda etapa. Durante la misma, hace su aparición una narrativa que pone el énfasis en la cotidianeidad (en el bregar día tras día, que implica un ayer, hoy y mañana, en sucesión progresiva) vista a través de los ojos del niño o adolescente. Francisco López Sacha contrasta las dos épocas aduciendo que si bien en la narrativa anterior el conflicto provenía de la Historia y el campo de batalla y eran éstos el móvil de la acción, en los autores de los ochenta el foco se desplaza al individuo en su entorno cotidiano (frecuentemente, algún internado de estudiantes), ofreciendo una visión más personal (68). Algunos de los escritores que se dieron a conocer por esta época y que han alcanzado notoriedad son Senel Paz, Leonardo Padura, Arturo Arango, Aida Bahr, Miguel Mejides, Abel Prieto, Chely Lima

---

3 Capote evita ofrecer una visión monolítica de la literatura femenina. Cita una novela de Dora Alonso sobre el problema de la tierra que en ocasiones utiliza un lenguaje, según precisa, de «manual de economía» (21). Hubo, pues, obras escritas por mujeres que asimilaron lo que se respiraba en el ambiente y coincidía con la línea oficial.

y Reinaldo Montero, entre otros (López Sacha 30). Hay que recordar que para Zaida Capote, sin embargo, la narrativa que humanizaba los conflictos en que se encontraban sumidos los cubanos existió anteriormente a esta fecha, escrita sobre todo, pero no exclusivamente, por mujeres (piénsese en la novela *Celestino antes del alba,* de Reinaldo Arenas, publicada en 1967). Lo que sucedió es que la crítica ignoró la obra de escritoras como María Elena Llana y Esther Díaz Llanillo, para mencionar sólo a dos.

A diferencia de lo sucedido en la plástica y el cine cubanos de la misma época, en la tercera etapa, constituida por la narrativa de los noventa, Cuba desaparece como totalidad, según Jorge Fornet. Muchas de las obras producidas en esos años se desarrollan en una Habana tristemente semi-derruida, como símbolo de la decadencia y la depauperación, no sólo física, al mismo tiempo que el cuerpo cobra una importancia imprevisible. Todo ello se narra a menudo en el estilo de un «realismo sucio» que realza lo soez, vulgar y escatológico y que se asocia, sobre todo, con la narrativa de Pedro Juan Gutiérrez enmarcada en Centro Habana (Fornet 103-111). Otra vertiente de la narrativa subraya un tipo distinto de marginalidad, la de la contracultura: aquélla perteneciente a jóvenes inadaptados, inconformes, enajenados, rebeldes o simplemente indiferentes que se ven a sí mismos excluidos de las instancias de verdadero poder. Los narradores dan cuentan de la existencia vital y omnipresente de la otredad o de la personalidad individual por encima de la comunal. Luisa Campuzano opina que la preeminencia del presente trae aparejado el abordaje de temas considerados tabúes, sobre todo para las mujeres, como el erotismo, el espectro de identidades sexuales, la prostitución, el incesto, la violencia doméstica y la pedofilia («Literatura de mujeres» 151-152). La propia Ena Lucía Portela, quien incursiona de vez en cuando en la crítica literaria,[4] precisa, con su inconfundible estilo desenfadado, que si bien ha habido una corriente en la literatura cubana que aborda los temas de la marginalidad y la delincuencia, la inclinación a tratar dicha temática se agudiza a partir de la década de los noventa:

---

4 Ver «Con hambre y sin dinero», «Entre lo prohibido y lo obligatorio», «*Bad painting* o la "inocencia" del sujeto» y «Una isla estrangulada y con la lengua afuera» sobre obras específicas, respectivamente, de Pedro Juan Gutiérrez (*El Rey de La Habana*), Wendy Guerra (*Todos se van*), Anna Lidia Vega Serova (*Bad Painting*) y Ronaldo Menéndez (*Río Quibú*).

> La marginalidad, por increíble que parezca, se vuelve centro o, cuando menos, obligada referencia. Páginas y más páginas sobre jineteras y pingueros, proxenetas, vividores, pícaros, traficantes de todo lo traficable, borrachos, drogadictos, balseros, tipos agresivos y feroces con el cuchillo entre los dientes, veteranos de la guerra en África que perdieron la chaveta, locos arrebatados, ex presidiarios y también otros que quizás en otras sociedades no serían marginales, o al menos no tanto, como los travestis, las lesbianas, los enfermos de sida y los santeros. Como quien dice, Alí Babá y los cuarenta ladrones («Con hambre y sin dinero» 63).

A la vez desaparece el personaje revolucionario, excepto como objeto de mofa, y se produce un desencuentro entre la vivencia personal y los acontecimientos políticos, de acuerdo con Jorge Fornet (114-116). Apunta también el mismo crítico que son éstos «los primeros narradores posrevolucionarios, pues el proceso y el destino mismo de la revolución no parece preocuparles» (96). De hecho, la más reciente novela de Ena Lucía Portela, desvía su atención hacia la escritora norteamericana Djuna Barnes y los años que vivió en París, apartándose, hasta en el léxico, de lo cubano (además, es una novela de corte histórico, género no practicado por los novísimos). Como acotaría la narradora de «Alguna enfermedad muy grave», el cuento de Portela, la política se convierte en *un* tema, no en *el* tema. Y aun cuando sea un tema, aparece más bien de forma sesgada.

Asimismo, se vuelve común la metaliteratura o la reflexión sostenida sobre la escritura como parte de la narrativa (Campuzano, «Literatura de mujeres» 162). Ya Mateo Palmer apuntaba en su estudio sobre los novísimos que la literatura producida por ellos concede un valor diferente a la escritura, «como una instancia desde la cual ya no se refleja sino se determina y se crea incluso la realidad» (197).

Éstos son algunos de los rasgos de la literatura de los novísimos, rótulo que, como aspira a agrupar y representar a toda una generación, ha suscitado polémica, pues si algún aspecto caracteriza primordialmente a los narradores incluidos en el grupo es la diversidad (Fornet, Fowler). Con todo, tales generalizaciones hechas por estudiosos de la narrativa cubana y la cuentística en especial ayudan a observar características reconocibles. Es menester añadir que algunos de los elementos que definen dicha narrativa trascienden los bordes de la Isla, como lo es la noción del fin de las utopías, de los proyectos henchidos de futuro (como diría Ena Lucía Portela en su ensayo «Tan oscuro como muy oscuro»: «preámbulo[s] de paraíso»), y de los grandes relatos: un tópico visiblemente posmoderno. En el empalme de la literatura cubana con la continental profundiza Jorge Fornet cuando en su libro sobre los nuevos paradigmas, tras constatar los cambios operados en la literatura continental en relación con la del *boom* de los años sesenta, asevera que los cubanos llegaron tarde al desencanto. Obras escritas hoy por mexicanos, colombianos y chilenos rezuman un desencanto similar. Además, ha disminuido la preocupación por la identidad y el nacionalismo, temas trascendentales en la literatura del siglo XX. Cuba se había cerrado sobre sí misma, pero parece que no herméticamente, y hubo cambios que se produjeron de forma paralela en relación con otros rincones del mundo y, al mismo tiempo, con características propias. Redonet se refería a una «criolla postmodernidad» al describir la narrativa de los novísimos (23).

Lo contestatario y lo lúdico en los cuentos de Ena Lucía Portela, una escritora singular

En la mencionada antología *Los últimos serán los primeros* (1993) apareció «La urna y el nombre (un cuento jovial)» de una joven narradora, Ena Lucía Portela, que, habiendo nacido el 19 de diciembre de 1972, frisaba en los veintiún años. Debido a su juventud, ocupó el último lugar en la antología. No obstante, a juzgar por el reconocimiento de que se ha hecho merecedora, no demoraría en ocupar uno de los primeros lugares en ese grupo de narradores coetáneos. Portela ya había dado a conocer en 1990 su primer cuento, «Dos almas perdidas nadando en una pecera», el cual se incluyó en las memorias de los Talleres Literarios de la Ciudad de La Habana, sin que, por lo visto, volviera a imprimirse.

Hija de un traductor profesional y una correctora de pruebas, Portela estudió lenguas y literaturas clásicas en la Universidad de La Habana. En la actualidad se desempeña como editora en la sección de narrativa de la Editorial Unión, en la capital. Se ha hecho acreedora de varios premios por su narrativa, que hasta el momento comprende cuatro novelas y dos colecciones de cuentos, amén de ensayos, testimonios y crítica. La primera novela de Portela, *El pájaro: pincel y tinta china*, ganó en 1997 el Premio Cirilo Villaverde que concede la Unión de Escritores y Artistas de Cuba (UNEAC). También fue publicada en España por la editorial Casiopea en 2000 y recientemente ha sido traducida al italiano. En 1999, su cuento «El viejo, el asesino y yo» fue premiado en el Certamen de Cuento Juan Rulfo, de Radio Francia Internacional (el mismo que ganara Senel Paz en 1990 con «El lobo, el bosque y el hombre nuevo», cuento que sirviera de base al guión de *Fresa y chocolate*, la conocida película de Tomás Gutiérrez Alea).

En 2002, la tercera novela de Portela, *Cien botellas en una pared*, fue galardonada en España con el XVIII Premio Jaén de Novela, y un año después obtuvo el Prix littéraire Deux Océans – Grinzane Cavour que la crítica francesa otorga cada dos años a la mejor novela latinoamericana publicada en Francia. *Cien botellas en una pared* ha sido traducida a ocho lenguas: francés, portugués, neerlandés, polaco, italiano, griego, turco e inglés. Escrita en lenguaje coloquial, o mejor, en dialecto habanero, la novela no es fácil de llevar a otro idioma, por lo que la traducción a varias lenguas debe entenderse como un logro significativo. En 2007 Ena Lucía Portela fue seleccionada como uno de los treinta y nueve escritores menores de treinta y nueve años más importantes de Latinoamérica, por lo cual participó en el evento Bogotá 39, efectuado en la capital de Colombia en el mes de agosto de ese año, en el marco de Bogotá capital mundial del libro, donde también estuvieron presentes otros escritores cubanos como Karla Suárez y Ronaldo Menéndez, así como el dominicano Junot Díaz, el peruano Daniel Alarcón y el mexicano Jorge Volpi, entre otros. A diferencia de otros escritores cubanos que publican sólo en el extranjero, la narrativa de Portela se publica (y se lee) también en la Isla. Sus novelas y cuentos han aparecido bajo el sello editorial tanto de Letras Cubanas y Ediciones Unión, como de Random House Mondadori y Éditions du Seuil, entre otros. Portela está por terminar una quinta novela que llevará por título «La última pasajera».

En su artículo sobre las narradoras cubanas contemporáneas, Luisa Campuzano afirma que el universo narrativo de Portela es, sin duda, «el más nutrido, ambicioso y logrado corpus de esta década» («Literatura de mujeres» 164), refiriéndose al lapso que arranca desde mediados de los noventa. Y está también entre los más distintivos. Si bien es cierto que comparte con los novísimos el consabido *Zeitgeist* y un aire de familia, también lo es que Portela posee una «particular poética» (Araújo, «Erizar y divertir» 56). Además, como advierte Abilio Estévez, su narrativa evita los estereotipos sobre lo cubano o inquietudes sobre la cubanidad, soslayando la «chabacanería» que, según el mismo autor, asegura un lugar en el comercio del libro (13). Sólo una novela en toda su producción literaria, *Cien botellas en una pared*, comprende múltiples referencias explícitas a la realidad cubana de hoy, pero sin caer en caminos trillados.

Cada cuento de Portela se erige en un universo autónomo, distinguible de los demás, aunque hay inquietudes, temas y elementos formales que se reiteran. Nara Araújo señala que sus cuentos y novelas se proponen «erizar y divertir», frase extraída de uno de los cuentos, con significado análogo al «hacer pensar y divertir» que Estévez le había encajado a su escritura en el prólogo a la primera novela de Portela, *El pájaro: pincel y tinta china* (1999). En su artículo sobre la poética de Portela, Araújo analiza algunos de los mecanismos que utiliza la autora para lograr ese doble propósito. Una de las constantes es la coexistencia e interacción de opuestos como el amor y la muerte o la violencia y la jovialidad, muchas veces con el objetivo de desestabilizar los temidos binarismos. A la lista de opuestos podría añadirse el de la belleza y la fealdad, el de la perfección y la deformidad y, sobre todo, el de la realidad y la ficción, tal vez en un afán por cuestionar las fronteras entre uno y otro, y abarcar así el espectro de experiencias humanas, incluidas las sexuales, muchas al margen de lo que se considera normal. Dicha poética no le teme a los tabúes, lo prohibido y lo proscrito, sino que los impugna. Exige al mismo tiempo, debido a la densa intertextualidad y metanarratividad de los textos, un lector informado y competente. Todo ello pasa por el tamiz de la ironía y el humor, los cuales proveen distancia respecto de lo narrado. Sin duda, muchos de los elementos señalados por Araújo se reflejan por igual en textos posteriores a 2001, fecha de su artículo, a la vez que se renuevan, porque no hay que perder de vista que la obra de Portela es todo un *work in progress.* Las anécdotas de los últimos cuentos son más lineales; no obstante, en ellos se mantiene la intertextualidad, la cual presupone la existencia de textos anteriores con los que dialoga.

Un elemento que no cambia es la centralidad de la literatura en el relato. Ya sea por las alusiones literarias, los ecos de otras obras y autores o la reflexión que se lleva a cabo en algunos relatos, la literatura ocupa un lugar fundamental. Cuando en el testimonio con el que cierra esta compilación, «Alas rotas», la autora recuerda el conocimiento que ya tenía sobre el mal de Parkinson antes de que le diagnosticaran la enfermedad en 1993, alude a los pacientes con el trastorno neurológico avanzado de los que tenía noticia, destacando especialmente el padecimiento experimentado por el dramaturgo norteamericano Eugene O'Neill, tal cual fuera narrado por su esposa en correspondencia con su traductor al español. Esa capa adicional que proporciona la mención a la literatura (y, en menor medida, otras artes) la vamos a encontrar en muchos de los textos de Portela.

Tan importante como erizar o hacer pensar y divertir es el carácter lúdico de una narrativa que juega con el lector. La crítica ha pasado por alto este aspecto de los cuentos (y novelas) de Portela, pero no cabe duda de que hay elementos formales que se ponen en función de dicho juego. Por ahora, deben enumerarse los siguientes mecanismos, pues éstos se observan en los cuentos de la presente compilación: pistas que anticipan el desenlace, a veces a partir incluso del título o del epígrafe («Desnuda bajo la lluvia», «El viejo, el asesino y yo»); citas y referencias literarias y culturales aparentemente nimias o secundarias, pero que en realidad iluminan el texto («El viejo, el asesino y yo», «Un loco dentro del baño», «La urna y el nombre» y otros cuentos); narradores heterodiegéticos, internos, pero que al parecer no forman parte de la historia narrada y que, sin embargo, devienen homodiegéticos («El sueño secreto de Cenicienta»); narradores extradiegéticos, externos, que se citan a sí mismos («Al fondo del cementerio»); la ambigüedad de la focalización, la cual vacila en un cuento entre el personaje (un fotógrafo) y el narrador o la narradora («Desnuda bajo la lluvia»); y la indeterminación del linde entre el personaje real y el ficticio («Alguna enfermedad muy grave», «El viejo, el asesino y yo»).

Tales elementos bien pueden contribuir a la diversión que se deriva de la lectura de los relatos; no obstante, su propósito principal en algunos cuentos es una especie de juego del ratón y el gato, en el que el primero se oculta, provocando, mientras que el segundo trata de que no le tomen el pelo. El lector ha de proponerse descubrir las reglas del juego. Se trata de una literatura culta –de «pérfidamente culto» tilda Campuzano el humor de Portela («Doxa y paradoxa»)– por su contenido y densidad, mas accesible en lo referido a la anécdota y al lenguaje. Valdría la pena hacer un estudio crítico de la función de lo lúdico en la narrativa. En un prólogo como éste sólo puede señalarse, sin la elaboración debida.

Si hay algún relato incluido en la presente compilación en el cual aflora el sitio medular que ocupa la literatura en el universo narrativo de Portela es «El viejo, el asesino y yo», cuyos personajes son un viejo escritor y una joven escritora, quien es la que narra, ambos «separados por un muro», el de Berlín –como le gusta recordar a la narradora. Cada uno pertenece a una generación y una época diferentes, pero ambos coinciden, una vez más, en una reunión entre conocidos en casa del joven amante del viejo. La escritora siente una fuerte atracción hacia el viejo. En el curso de la noche, mientras sostienen una conversación, ella divaga y así nos enteramos de su relación amorosa con una muchacha. El amante del viejo se incomoda con el *tête-à-tête* entre el viejo y la joven y le hace saber a ella que no tolerará que se interponga entre los dos. El cuento tiene un desenlace trágico, mas anunciado, pues hay indicios sembrados a lo largo del texto. Más que la breve anécdota, lo que sobresale en el relato es la escritura sobre la escritura y la disolución de los límites entre la realidad y la literatura. Se mencionan libros escritos por el viejo y la primera novela de la joven, que el viejo admira, a pesar de su «perversidad». Así, el viejo, un personaje, comenta sobre los personajes de otra ficción, y la narradora pareciera ser un *alter ego* de la escritora. Ese borrar las fronteras entre la realidad y la ficción, frecuente en la literatura de Portela, es parte consustancial de su *ars poetica*, y el cuento identifica los materiales que la escritora utiliza para lograrlo, a saber, las confidencias de sus amigos y conocidos, las disquisiciones teóricas y la política, pues nada es desechable y todo forma parte de esa «aventura humana» que ella trata de plasmar (López). La escritora/narradora resume su método de trabajo: revisar mucho, reinventar, asumir otras voces. Es un cuento que se presta para desplegar el abanico de lecturas que Portela tiene a su haber. Las alusiones literarias y culturales van desde Esquilo, Sócrates y Montaigne hasta José Lezama Lima, Jorge Luis Borges, Marcel Proust, Eugene O'Neill, Ryūnosuke Akutagawa, Carson McCullers, Ingmar Bergman y Alain Resnais, entre otros.[5] La mención de nombres de escritores, cineastas, artistas, músicos y otras personalidades es una constante en los escritos de Portela, gesto nada gratuito que opera por asociación de ideas, dando lugar a más de un haz de intertextos, todos dentro del campo de la literatura universal y la cultura popular de Occidente.

Por ejemplo, en «La urna y el nombre (un cuento jovial)» las menciones incluyen a Jehudi Menuhin, a Alejandro Magno, al conde Ugolino de la *Divina comedia*, y al *Mahabharata*, entre otras. En un ejemplo curioso, se combinan tres referencias en una: «Cayo Julio Verne Cortázar», unidos los tres personajes por el nombre propio (Cayo Julio César, Jules Verne y Julio Cortázar) y el título de dos novelas (*La vuelta al mundo en ochenta días*, de Verne, y *La vuelta al día en ochenta mundos*, de Cortázar). Éste es el único cuento de la compilación en el que el discurso aparece desarticulado, en consonancia con una situación extrema de encierro y hambruna. Aquí se esboza el triángulo de personajes que aparecerá en «El viejo, el asesino y yo» y que reaparecerá en otros cuentos y en la novela *El Pájaro: pincel y tinta china* (1999) –triángulo que desordena un sistema hegemónico de comportamiento sexual. Los tres personajes, dos hombres y una mujer, tienen la puerta tapiada y el refrigerador vacío, por lo que se limitan a jugar, fumar y fornicar. No hay salida, y el final del cuento sugiere un acto de canibalismo que se inicia con el preludio al acto sexual. Como escribe Madeline Cámara, «muchos puntos de interrogación que surgen de la trama quedan indeterminados para la libre interpretación de cada lector» (171). Para Araújo, «La urna y el nombre (un cuento jovial)», que habría que considerar parte de una narrativa femenina de «encierro» («El espacio otro» 213), se presta para una lectura feminista en la que se afirma lo privado como signo positivo, subvirtiendo la oposición binaria entre el afuera y el adentro.

5 Algunos de los escritores nombrados están incluidos en una larga lista de escritores de diversas tradiciones y épocas que Portela califica de interesantes. Ver su entrevista con Jorge Ruffinelli.

Mientras tanto, para Cámara, quien hace una lectura también feminista, el relato se erige en un símbolo de la violencia y la crueldad que puede provocar el actual estado de cosas. El texto contiene varias referencias a Ugolino della Gherardesca, prominente político de la nobleza italiana del siglo XIII, cuyo final tétrico describe Dante en su *Infierno*. Encerrados él y sus vástagos en una torre y condenados a morir de inanición, los hijos de Ugolino le piden a éste que se vuelva caníbal para sobrevivir. Tanto Araújo como Cámara confirman las indudables diferencias entre el texto de Dante y el de Portela, señalando el ademán transgresor del cuento. Para la segunda crítica, «la antropofagia de los sexos [es] un tipo de comunión que intenta calmar el hambre del espíritu» (175) y, por lo tanto, debe considerarse positivo en tal caso.

Las múltiples y variadas referencias, la estructura no lineal y los cambios repentinos de voz hacen de este cuento uno de los más ambiguos de la antología. Otra lectura posible debería tomar en cuenta el plano de la escenificación de las situaciones planteadas en el relato, ya que se reiteran las citas al teatro, la representación y la inmortalización. Meditar sobre lo verosímil y lo fabricado, la cotidianeidad y el teatro o la escenificación, el ser y la palabra, se aviene con las inquietudes sugeridas en otros relatos. Uno de los personajes, llamado René, el Espectro o el «viejo cabrón», instigador de la encerrona y ex actor de teatro, trata de conjurar el abismo. A primera vista, la trama parece desasida de su entorno inmediato. Por ejemplo, las menciones literarias y culturales no tienen nada que ver con la realidad cubana, salvo una –la referencia a la Universidad de La Habana. Y sin embargo, lo que acontece entre esas cuatro paredes, simultáneamente «jovial» y perturbador, no puede sino resonar con semejante coyuntura: después de todo, se trata de cerrazones y hambrunas en medio de una empecinada situación numantina, aunque en el cuento la «inmolación» esté desprovista de justificación ética o una manifiesta motivación. No deja de haber cierto paralelo entre el plano del afuera –de la Isla– y del adentro –lo que acontece en el cuento.

Como puede apreciarse en los relatos comentados, la literatura no desaparece de vista. Pero la metanarrativa o la reflexión sobre la literatura no impide que la ficción de Portela cuestione prejuicios de toda calaña y un sinnúmero de patrones de conducta que, por haberse naturalizado, se tornan mecánicos o invisibles. Entre las estrategias utilizadas para emplazarlos está el uso, a veces simultáneo, de la mirada vigilante y lasciva del *voyeur* y el concepto de lo abyecto, como puede constatarse en «Un loco dentro del baño».[6] La protagonista del cuento es una *voyeur* empedernida que le sigue los pasos a un apuesto joven, dentro y fuera de una biblioteca. Tan interesante como la anécdota es el empeño que se invierte en crear cierta ambientación. El cuento tiene una carga sexual sugerente. La descripción es remolona y crea expectativa, conminando al lector a que sea partícipe de esa situación que, por precaria y sugerente, despierta el interés y el deseo. Gracias a la relación insuperable del bello ejemplar de mozo con un adefesio, a la «sorprendente afinidad» entre ambos, la narradora se detiene morosamente en la descripción del ser abyecto, producto quizás de una malformación congénita, regodeándose en revelar sus deformaciones y excrecencias corporales.

De acuerdo con Julia Kristeva, lo abyecto nos retrotrae a la fase materna pre-simbólica, anterior a la incorporación a la Ley del Padre. Atentando contra la propia identidad y el orden establecido, lo abyecto nos repele, mas también nos atrae, como el adefesio. Entre el adefesio y Danilo hay una relación homoerótica. Y al darse cuenta, Chantal se dispone a descartar su sentido tradicional de la belleza. Pero hace su aparición otro personaje cuyo asombro ante lo que acontece en este lugar evocador de signos, laberintos y construcciones góticas desplaza lo abyecto hacia otras escenas. Curiosamente, Chantal termina convirtiéndose vicariamente en objeto de abyección. A través del desplazamiento de la mirada hacia actos similares, el cuento insinúa que nadie está a salvo de la ira y repulsión que despierta lo que se percibe como abyecto y depravado, aunque dichos actos sean naturales.

«Un loco dentro del baño» tiene elementos comunes con otros cuentos de Portela, los que a menudo limitan, si no eliminan del todo,

---

6 El *voyeur*, connatural a la mirada y la vigilancia, es una de las figuras recurrentes en los cuentos de la antología de Jacqueline Loss y Esther Whitfield, todos ellos de escritores contemporáneos de Portela (la antología incluye «Un loco dentro del baño» en traducción al inglés). Whitfield analiza la función de dicha figura en su monografía sobre la literatura del «período especial», asociándola a la vigilancia del Estado, el erotismo clandestino y la curiosidad que despierta Cuba en el extranjero (124). Sería el segundo motivo el que se vincula al cuento de Portela. Un papel ligeramente diferente juega en «Al fondo del cementerio» donde, mediante la inescapable mirada de un solo ojo, especie de consciencia invasora, un personaje, niño y anciano a la vez, se autocastiga a causa de supuestas transgresiones.

la presencia de personajes autorizados a enseñar e implementar las normas, como sucede en «Al fondo del cementerio».[7] Aquí, dos hermanos han sido abandonados por sus padres al emigrar y ahora tienen que valerse por sí mismos. Sin embargo, dicha ausencia no los libra de una intervención proveniente del mundo exterior al que se han criado. Es inevitable que surja en el espacio liminal, en relación con una sociedad regida por convenciones de índole patriarcal, entre ellas la pretendida separación entre el ámbito público y el privado, una figura ajena a tal espacio que se alarma ante lo que ve con ojos amaestrados, como la mujer de «Un loco dentro del baño» o el fumigador de «Al fondo del cementerio». Dicha figura deja traslucir cierto tipo de lector timorato que debe confrontar lo abyecto a lo cual no está habituado. Así, se desautomatiza la lectura. El lector debe, como el personaje, observar aquello que puede hacerle sentir incómodo, como las dos criaturas acostumbradas a pernoctar en el cementerio y a llenarse los bolsillos de cucarachas, prodigándoles luego besos y caricias, o machacándolas hasta obtener una espesa pulpa; la relación incestuosa entre ellos dos; la horrenda masa amorfa con un ojo, cual si fuera un feto de cíclope, sumergida en un frasco con formol, que le obsequia a la chica la Momia, su amante. (Las cucarachas son aquí un símbolo de lo abyecto). En fin, hay cierta dosis de gótico parodiado en estos cuentos macabros que crean una atmósfera de suspenso y sorpresa. En general, los ambientes favorecen la noche, la lluvia, la tormenta. Igualmente a la deriva se encuentran los personajes, también hermanos, de «Huracán», uno de los cuales anda a la caza de la muerte en medio de la tormenta, infructuosamente. La narrativa de Portela da cabida a lo monstruoso y lo «raro» en el reino humano, así como también a la violencia, buscando, como ya se ha señalado, erizar y hacer pensar (y divertir y jugar). Símbolo de cierta violencia es el final (in)esperado de «Desnuda bajo la lluvia», sobre una joven que le sirve de modelo a un fotógrafo cuya especialidad es la pornografía. Se trata de una temática –la de la violencia– de rancia estirpe literaria en todas las latitudes, como puede constatarse en la ficción de Carson McCullers y Katherine Anne Porter, a quienes Portela hace referencia en «El viejo, el asesino y yo», además de los escritores enumerados arriba.

---

7 Esa ausencia se nota por igual en otras escritoras, como precisa Nara Araújo: «En los textos de las novísimas desaparecen los padres, como figuras emblemáticas, y las viejas expectativas de autorrealización no parecen ser ya prioritarias» («El espacio otro» 213). Ver también, de la misma crítica, «The Sea, the Sea».

Relacionados en cuanto a privilegiar el lado maligno del ser humano –como en la novela *La sombra del caminante* (2001)– los cuentos «Un loco dentro del baño», «Al fondo del cementerio» y «Desnuda bajo la lluvia» aparecieron originalmente en la colección *Una extraña entre las piedras* (1999).

El blanco de la crítica en la literatura de Portela abarca las ideologías que puedan constituirse en narrativas maestras, incluida el feminismo (ver su entrevista con Jorge Camacho; Lys Valdés 44). Portela está en desacuerdo con categorías tales como la literatura femenina o la lésbica, arguyendo que hay sólo una literatura, la buena. Ello no significa que no aborde el tema feminista, aunque sólo sea para azuzarlo o ponerlo en solfa. Además, hay inquietudes que se manifiestan en su narrativa que están en consonancia con los presupuestos del feminismo; por lo menos, así lo ha visto la crítica (Araújo, «El espacio otro», Cámara). «El sueño secreto de Cenicienta» reescribe el cuento de hadas de los hermanos Grimm, a la manera en que otras escritoras se han aproximado desde una perspectiva crítica a la literatura infantil (Rosario Ferré, por ejemplo). Pero la versión de Portela es toda una parodia que traza un paralelo entre el género y las telenovelas de hoy en día. En este sentido, es una crítica implícita al feminismo, pues si la telenovela moderna sigue repitiendo el mismo patrón, con un nivel de consumo y entretenimiento banal mayor, ¿de qué logros puede jactarse el movimiento en tal terreno? En la relectura de Portela, no hay un desenlace feliz para la pareja; el matrimonio ya no es la solución, sino el talento propio y la ambición. Al mismo tiempo, si no feliz en el sentido tradicional, clásico, hay también en este cuento un final sorpresivo que apunta hacia otras alternativas gozosas. Debido a la parodia sostenida, éste es uno de los cuentos más divertidos de la antología.

Portela vuelve al tono testimonial de «El viejo, el asesino y yo» en el cuento «Alguna enfermedad muy grave», el cual tiene como protagonista a una joven escritora llamada Ena Lucía, quien relata en primera persona su relación con un crítico holandés interesado en su obra. Evidentemente, entre los amigos, familiares y conocidos a los que la irreverente escritora cubana echa mano a la hora de crear su literatura está Ena Lucía Portela. En el cuento, la protagonista se distingue por un giro lingüístico que la caracteriza al describirse a sí misma (no *tan* apasionada, no *tan* curiosa, no *tan* copiona...) y por sus viajes reales e imaginarios, en medio de los cuales Cuba se proyecta como una isla más. El calor infernal de un día de verano habanero se convierte casi en otro personaje, así como el peso del hambre emerge en cuentos ya comentados. Las condiciones materiales que rodean la producción literaria juegan aquí un papel relevante.

El tema de la relación sexual, esta vez lesbiana, vuelve a aparecer en el relato «En vísperas del accidente», en el cual la narradora, ahora anónima, cuenta, igualmente en primera persona, un paseo por el Barrio Rojo de Amsterdam. La anécdota sobre la resistencia de Jani, una holandesa feminista pareja de la narradora, a juntarse con otras dos chicas que ofrecen sus servicios en el afamado barrio, da lugar para exponer las relaciones de poder entre todas ellas, de distintas nacionalidades. Al mismo tiempo, se presta para criticar el pudor de Jani, quien, a pesar de su ideología y su sexualidad, sigue a merced de la moral convencional. Ya Portela había tratado el tópico de la relación lesbiana en dos tempranos cuentos, «Dos almas perdidas nadando en una pecera» (1990) y «Sombrío despertar del avestruz» (1996), analizados por Emilio Bejel en su libro *Gay Cuban Nation*. Y asimismo en «Una extraña entre las piedras», del libro homónimo.

Finalmente, «Alas rotas» no es ya un cuento, sino un testimonio sobre la enfermedad, el mal de Parkinson, con la que vive Portela desde 1993. Como testimonio lo califica la propia escritora y representa un buen ejemplo del uso de la palabra precisa que se constata por igual en los cuentos. De factura impecable y sin asomo de autoconmiseración, el testimonio trata sobre el impacto del diagnóstico y las implicaciones del mal. En manos de Portela, aun la desgracia se transforma en buena literatura.

Nota sobre la presente compilación

Ésta es la primera vez que se publica una compilación de cuentos de Ena Lucía Portela. Aunque Portela es más conocida por sus novelas, la lectura de sus cuentos, aparte de ser muy placentera, aporta grandemente al conocimiento del resto de su obra; algunos encierran la clave para disfrutar de su literatura. En la presente selección aparecen nueve relatos incluidos previamente en dos colecciones y algunas revistas, todos ellos dados a conocer entre 1993 y 2008; así, el libro ofrece una visión panorámica de su narrativa corta. El volumen cierra con un testimonio publicado por primera vez en 2008. Se han corregido algunas erratas y se ha revisado ligeramente uno de los cuentos, «La urna y el nombre (cuento jovial)».

La editora desea expresar su agradecimiento a Portela, cuyo apoyo ha sido imprescindible para llevar a buen término semejante proyecto. La edición incluye decenas de notas a pie de página sobre las abundantes referencias culturales que aparecen en los cuentos. La autora tuvo a bien aclarar algunas citas que para mí eran enigmáticas. Y ante el dilema de dónde trazar el límite en las notas –qué mención justificaba una nota, cuál no– propuso la solución que finalmente adoptamos. Yo, como editora, me encargué de insertar una explicación literal sobre las referencias, mientras que Portela le añadió un toque creativo y personal respecto a lo que evocan las mismas desde su perspectiva. De esta manera, esperamos satisfacer la curiosidad del lector sobre lo que denota y lo que connota la mayoría de ellas.

Iraida H. López
School of American and International Studies
Ramapo College of New Jersey

Bibliografía primaria

Cuento

Alguna enfermedad muy grave. Madrid: H. Kliczkowski, 2006.

«Dos almas perdidas nadando en una pecera». XVII Encuentro Debate de Talleres Literarios de la Ciudad de La Habana. La Habana: Editorial Extramuros, 1990.

«El viejo, el asesino y yo». *Revolución y cultura* No. 1, Época IV (enero-febrero 2000): 46-52.

«Sombrío despertar del avestruz». *Unión* 22 (enero-marzo 1996): 83-87. También incluido en *El cuerpo inmortal: 20 cuentos eróticos cubanos*. Ed. Alberto Garrandés. La Habana: Editorial Letras Cubanas, 1997. 113-123.

Asimismo, en *El ánfora del diablo (novísimos cuentistas cubanos)*. Ed. Salvador Redonet. La Habana: Editorial Extramuros, 1999. 52-63.

«Últimas conquistas de la catapulta fría». *Doce nudos de un pañuelo*. Ed. Salvador Redonet. Mérida: Editorial Mucuglifo, 1995.

Una extraña entre las piedras. La Habana: Editorial Letras Cubanas, 1999.

Novela

Cien botellas en una pared. Barcelona: Random House Mondadori, 2002, y La Habana: Ediciones Unión, 2003.[8]

8 Traducida al francés, fue publicada por Éditions du Seuil, París, Francia, 2003; traducida al portugués, fue publicada por Ambar, Lisboa, Portugal, 2004; traducida al neerlandés, fue publicada por Meulenhoff, Amsterdam, Holanda, 2005; traducida al polaco, fue publicada por Wydawnictwo W.A.B., Varsovia, Polonia, 2005; traducida al italiano, fue publicada por Voland, Roma, Italia, 2006; traducida al griego, fue publicada en 2008 por Potamós, Atenas, Grecia; traducida al turco, fue publicada, también en 2008, por Dogan, Estambul, Turquía; y traducida al inglés, fue publicada por la University of Texas Press en 2009.

Djuna y Daniel. La Habana: Ediciones Unión, 2007, y Barcelona: Random House Mondadori, 2008.

El pájaro: pincel y tinta china. La Habana: Ediciones Unión, 1999, y Barcelona: Casiopea, 1999.

La sombra del caminante. La Habana: Ediciones Unión, 2001, y Madrid: Kailas, 2006.

ENSAYO (UNA SELECCIÓN)

«*Bad painting* o la "inocencia" del sujeto» (sobre los cuentos de Anna Lidia Vega Serova). *La Gaceta de Cuba* (marzo-abril 1999): 57.

«Con hambre y sin dinero» (sobre la novela *El Rey de La Habana,* de Pedro Juan Gutiérrez). *Crítica: Revista Cultural de la Universidad Autónoma de Puebla* 98 (abril-mayo 2003): 61-80.

«Entre lo prohibido y lo obligatorio» (sobre la novela *Todos se van*, de Wendy Guerra). *Crítica: Revista Cultural de la Universidad Autónoma de Puebla* 118 (octubre-noviembre 2006): 13-24.

«Literatura vs. lechuguitas: Breve esbozo de una tendencia». *Cuba: Voces para cerrar un siglo.* Volumen I. Ed. René Vázquez Díaz. Estocolmo: Centro Internacional Olof Palme, 1999. 70-79.

«Tan oscuro como muy oscuro». *Cuba y el día después: Doce ensayistas nacidos con la revolución imaginan el futuro.* Ed. Iván de la Nuez. Barcelona: Mondadori, 2001. 183-195.

«Una isla estrangulada y con la lengua afuera» (sobre la novela *Río Quibú* de Ronaldo Menéndez). *Revista Encuentro de la cultura cubana* 50 (2008): 263-264.

TESTIMONIO (UNA SELECCIÓN)

«Alas rotas». *SoHo* (Bogotá) 100 (agosto 2008).

«Rompiendo el silencio. Brevísima nota sobre Bogotá 39». *El cuentero* (La Habana) 6 (dic.-mar. 2008): 59-60.

Bibliografía secundaria

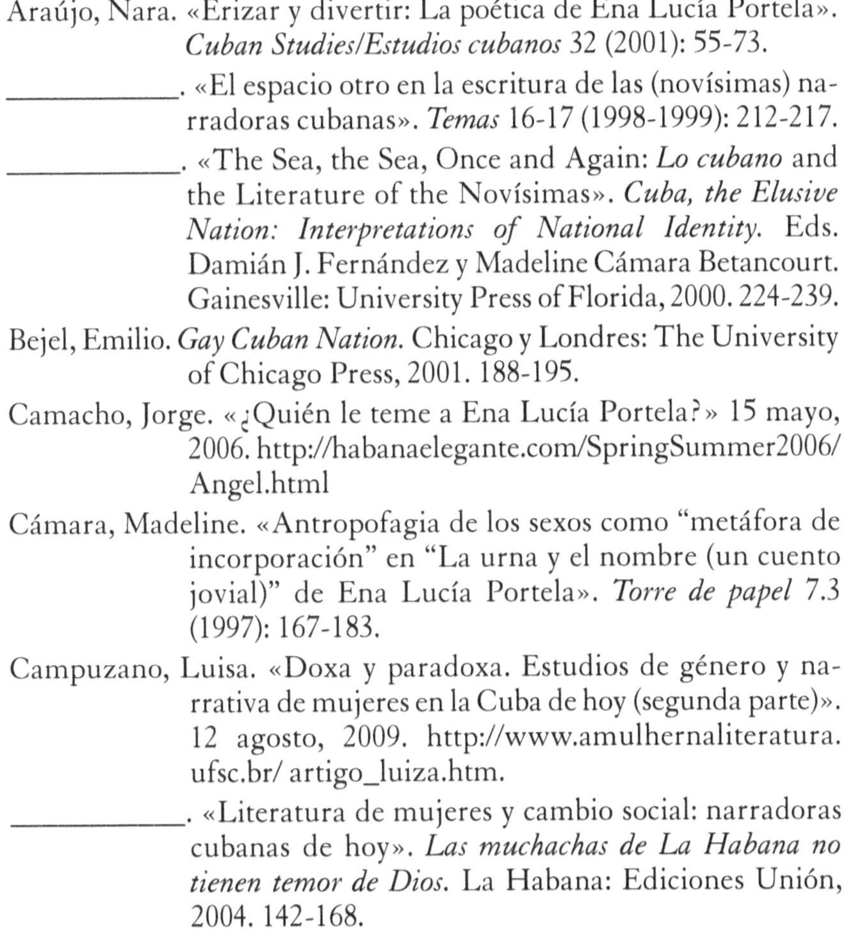

Araújo, Nara. «Erizar y divertir: La poética de Ena Lucía Portela». *Cuban Studies/Estudios cubanos* 32 (2001): 55-73.

———. «El espacio otro en la escritura de las (novísimas) narradoras cubanas». *Temas* 16-17 (1998-1999): 212-217.

———. «The Sea, the Sea, Once and Again: *Lo cubano* and the Literature of the Novísimas». *Cuba, the Elusive Nation: Interpretations of National Identity.* Eds. Damián J. Fernández y Madeline Cámara Betancourt. Gainesville: University Press of Florida, 2000. 224-239.

Bejel, Emilio. *Gay Cuban Nation.* Chicago y Londres: The University of Chicago Press, 2001. 188-195.

Camacho, Jorge. «¿Quién le teme a Ena Lucía Portela?» 15 mayo, 2006. http://habanaelegante.com/SpringSummer2006/Angel.html

Cámara, Madeline. «Antropofagia de los sexos como "metáfora de incorporación" en "La urna y el nombre (un cuento jovial)" de Ena Lucía Portela». *Torre de papel* 7.3 (1997): 167-183.

Campuzano, Luisa. «Doxa y paradoxa. Estudios de género y narrativa de mujeres en la Cuba de hoy (segunda parte)». 12 agosto, 2009. http://www.amulhernaliteratura.ufsc.br/ artigo_luiza.htm.

———. «Literatura de mujeres y cambio social: narradoras cubanas de hoy». *Las muchachas de La Habana no tienen temor de Dios.* La Habana: Ediciones Unión, 2004. 142-168.

Capote, Zaida. «Cuba, años sesenta: Cuentística femenina y canon literario». *La Gaceta de Cuba* (enero-febrero 2000): 20-23.

Díaz, Jesús. *Los años duros.* La Habana: Casa de las Américas, 1966.

Durán, Diony. «Wendy quiere volar: notas sobre los cuentos de Mylene Fernández Pintado». *Cuba: una literatura sin fronteras.* Ed. Susanna Regazzoni. Madrid: Iberoamericana Vervuert, 2001. 107-114.

Estévez, Abilio. «Ena Lucía Portela: un "frisson nouveau"». Prólogo a Ena Lucía Portela, *El pájaro: pincel y tinta china*. Barcelona: Editorial Casiopea, 1998. 9-14.

Fornet, Jorge. *Los nuevos paradigmas: prólogo narrativo al siglo XXI*. La Habana: Editorial Letras Cubanas, 2006.

Fowler, Víctor. «Para días de menos entusiasmo». *La Gaceta de Cuba* (noviembre-diciembre 1999): 34-38.

Kristeva, Julia. *Powers of Horror: An Essay on Abjection*. Trans. Leon S. Roudiez. New York: Columbia University Press, 1982.

López, Iraida H. «That's My Theme: The Human Adventure. An Interview with Ena Lucía Portela». *The Portable Island: Cubans at Home in the World*. Eds. Ruth Behar y Lucía M. Suárez. New York: Palgrace Macmillan, 2008. 85-91.

López Sacha, Francisco. *La nueva cuentística cubana*. La Habana: Ediciones Unión, 1994.

Loss, Jacqueline y Esther Whitfield, eds. *New Short Fiction from Cuba*. Evanston, Ill.: Northwestern University Press, 2007.

Lys Valdés, Sandra. «¿Género y nación? en *El Pájaro: pincel y tinta china*, de Ena Lucía Portela». *La Gaceta de Cuba* 4 (julio-agosto 2000): 44-47.

Mateo Palmer, Margarita. 1995. *Ella escribía poscrítica*. La Habana: Editorial Letras Cubanas, 2005.

Redonet, Salvador. *Los últimos serán los primeros*. La Habana: Editorial Letras Cubanas/Instituto Cubano del Libro, 1993.

Rufinelli, Jorge. «Ena Lucía Portela». *Nuevo Texto Crítico* XXI. 41-42 (2008): 7-20.

Whitfield, Esther. *Cuban Currency: The Dollar and "Special Period" Fiction*. Minneapolis/London: University of Minnesota Press, 2008.

Yáñez, Mirta y Marilyn Bobes, eds. *Estatuas de sal: Cuentistas cubanas contemporáneas*. La Habana: Ediciones Unión, 1996.

Datos de los cuentos de Ena Lucía Portela

1. «La urna y el nombre (un cuento jovial)»

Publicado por primera vez en *Los últimos serán los primeros*, selección, prólogo y notas de Salvador Redonet (La Habana: Editorial Letras Cubanas, 1993).

Traducido al inglés, fue publicado en *Cubana: Contemporary Fiction by Cuban Women*, edición a cargo de Mirta Yáñez (Boston: Beacon Press, 1998).

2. «Al fondo del cementerio»

Publicado por primera vez en *Una extraña entre las piedras* (La Habana: Editorial Letras Cubanas, 1999).

Traducido al inglés, fue publicado en «*Open Your Eyes and Soar*: Cuban Women Writing Now», edición a cargo de Mary G. Berg (Buffalo, N.Y.: White Pine Press, 2003).

3. «Un loco dentro del baño»

Publicado por primera vez en *Una extraña entre las piedras* (La Habana: Editorial Letras Cubanas, 1999).

Traducido al francés en *Des Nouvelles de Cuba* (París: Ed. Métailié, 2001).

Traducido al inglés en *New Short Fiction from Cuba*, edición a cargo de Jacqueline Loss y Esther Whitfield (Evanston, Ill.: Northwestern University Press, 2007).

4. «Desnuda bajo la lluvia»

Publicado por primera vez en *Una extraña entre las piedras* (La Habana: Editorial Letras Cubanas, 1999).

Traducido al inglés en *Cuba on the Edge, Short Stories from the Island*, edición a cargo de Mary G. Berg, Pamela Carmell y Anne Fountain (UK: CCCPress, 2007).

5. «El viejo, el asesino y yo»

Publicado por primera vez en *Nuevos narradores cubanos*, edición a cargo de Michi Strausfeld (Madrid: Editorial Siruela, 2000).

Traducido al alemán en *Cubanísimo! Junge Erzähler aus Kuba*, edición a cargo de Michi Strausfeld (Frankfurt am Main: Suhrkamp Verlag, 2000).

También fue publicado por Editorial Letras Cubanas (La Habana, 2000) en forma de libro, con ilustraciones de Rocío García. Además aparece en *Cuentos sin visado* (La Habana: Ediciones Unión, y México, D.F.: Editorial Lectorum, 2002), entre otras antologías.

6. «Alguna enfermedad muy grave»*

Publicado por primera vez en *El País Semanal* (Madrid, 17 de agosto de 2003).

También fue publicado en *Alguna enfermedad muy grave* (Madrid: H. Kliczkowski, 2006).

La traducción al portugués se encuentra en proceso.

7. «Huracán»*

Publicado por primera vez en el no. 116 de la revista *Crítica: Revista Cultural de la Universidad Autónoma de Puebla* (Benemérita Universidad Autónoma de Puebla, junio-julio de 2006).

---

* Inédito en Cuba por causa de la censura política (N. de la A.)

También fue publicado en *Alguna enfermedad muy grave* (Madrid: H. Kliczkowski, 2006). Asimismo, en *Bogotá 39. Antología de cuento latinoamericano* (Bogotá: Ediciones B, 2007); *El futuro no es nuestro* (Buenos Aires: Eterna Cadencia, 2009), edición a cargo de Diego Trelles Paz; y *El nuevo cuento latinoamericano* (Bogotá: Norma, 2009), edición a cargo de Luis Fernando Afanador; entre otras antologías. Las traducciones al francés y al alemán se encuentran en proceso.

8. «En vísperas del accidente»

Publicado por primera vez en el no. 120 de la revista *Crítica: Revista Cultural de la Universidad Autónoma de Puebla* (Benemérita Universidad Autónoma de Puebla, marzo-abril de 2007).

9. «El sueño secreto de Cenicienta»

Publicado por primera vez en el no. 102 de la revista *SoHo*, de Bogotá, Colombia (octubre 2008).

10. «Alas rotas» (testimonio)

Publicado por primera vez en el no. 100 de la revista *SoHo*, de Bogotá, Colombia, con el título «Mal de Parkinson» (agosto 2008).

Temas de discusión e investigación

1. Algunos de los cuentos, especialmente «Desnuda bajo la lluvia», contienen numerosas referencias a otras artes como la pintura, la fotografía y el cine. ¿Qué función cumplen dichas referencias en los relatos?
2. Analizar las descripciones de los personajes de los cuentos, algunas de las cuales son muy detalladas. ¿Qué imagen se logra delinear y qué elementos se usan para lograrla?
3. Es frecuente encontrar el tema de la literatura en los relatos de Portela. ¿Qué otros temas se repiten y qué se transmite a través de los mismos?
4. ¿Cómo se refleja la ciudad de La Habana en cuentos como «Huracán» y «Alguna enfermedad muy grave»?
5. Hay cuentos narrados por un personaje femenino que se dedica al oficio de escritora. En «Alguna enfermedad muy grave» el personaje se llama incluso Ena Lucía. Portela, la escritora cubana, califica estos textos como cuentos. Sin embargo, «Alas rotas» lo clasifica como un testimonio. ¿Qué diferencia hay entre los cuentos y el testimonio?
6. Comentar las relaciones humanas entre padres e hijos, hermanos, amantes y amigos en los cuentos.
7. Explicar el papel que juegan las escenas humorísticas y cómo se maneja el lenguaje para suscitar la risa y la sonrisa. ¿De qué se ríe el lector?
8. ¿Qué convergencias y qué divergencias hay entre los cuentos de Ena Lucía Portela y los de otras escritoras «novísimas» como Anna Lidia Vega Serova, Mylene Fernández Pintado y Adelaida Fernández de Juan?

El viejo, el asesino, yo y otros cuentos

La urna y el nombre
(un cuento jovial)

... latín, *merda;* sardo, portugués, catalán, provenzal, italiano, *merda*; sobresalvano, vegliota, *miarda*; francés, *merde*; español... la espada flamígera de echar una ojeada a través de alguien en el *Rubber Soul*[1] termina por expulsar a Julio, ángel roto, de su paradisíaca *Lingüística Románica*, Lausberg, tomo I.[2] «Si no puedes vencer a tu enemigo... ¡únete a él!»,[3] es apartar el libro y ponerse a dar palmadas al compás de la música (tatarara ¡tará tará!). Paradigma de la resignación por fuera, en el laberinto de su mente todo es malditos Beatles, maldito cacharro, me cago en tu madre, Tata.

La muchacha

apaga la grabadora y de la risa casi se atraganta con el humo del cigarro. Tirado en la cama al lado de Julio, el Espectro, conocido en ocasiones como René, interrumpe para sonreír la ocupación maravillosa de contemplar en el espejo todo ese vestido maniquí que constituye su cuerpo. Tal vez supone el retorno de la perdida conexión entre ellos (incluida la muchacha) y el sentido común. Algo más

---

1 Título del álbum del conjunto británico de música rock, los Beatles. Algunas revistas especializadas lo clasifican como uno de los grandes álbumes de música pop de todos los tiempos. (Incluye temas excelentes, baladas sobre todo, y otros que son pura cacharrería. En cuanto al pop en la onda retro, nostálgica, prefiero con mucho el sonido de los 70s al de los 60s. ELP).

2 *Lingüística Románica* es el título de uno de los libros de Heinrich Lausberg (1912-1972), especialista en filología románica y retórica clásica, de origen alemán. La Editorial Gredos (Madrid) publicó en dos volúmenes la traducción de la obra de Lausberg, originalmente titulada *Romanische Sprachwissenschaft* (1956). (No asustarse. Contra todo pronóstico, es un libro ameno, casi novelesco. ELP).

3 Traducción del proverbio inglés «If you can't beat them, join them». (Y yo que siempre creí que se trataba de un refrán hispano... ¡Estos angloparlantes acaban con las ilusiones de cualquiera! ELP).

digno, en todo caso, que tres lenguas y una sola cara desbordada y pálida.

—¿Qué es eso, filólogo, te volviste loco?

Julio le devuelve la pregunta a la muchacha (—¿Tú crees?), mientras, en ejercicio de una prolongada inercia, continúa dando palmadas como un metrónomo a la deriva. La sonrisa del Espectro se diluye hasta la línea negra de su boca en la cara desbordada y pálida.

—¡Ay, viejo! –El metrónomo silencia.

Un legítimo aceptar de móviles y percances se pasea por toda la casa. La visión de su última cena exigua hace parpadear a Julio, incapaz ya de necesitar un vórtice o una simetría. Dobla la almohada e incrusta en ella su cabeza.

—Yo amo la música. De todas las canciones del mundo ninguna me gusta más que ésa. No obstante, Tata –subraya la frase–, coincidirás conmigo en...

Ella no coincide en nada

En nada, Julio, en nada desde el día en que la cogiste in fraganti *jean* viejo y pelo enmarañado, detrás de la puerta sin pestillo en el baño del templo evangelista, tratando de abrirse las venas con un cuchillo de mesa. Te informó su nombre, Thais, y que nadie la quería a pesar de lo mucho que se esforzaba ella en querer a todo el mundo. Con la ropa tan sucia, el aliento tan alcohólico y los labios teñidos de índigo, un borrón, una mancha social. Se te antojó una sin techo ni ley, de esas roncas, malhabladas hasta sonrojar a una cotorra de barco, que comen sobras en las pizzerías y se acuestan sobre la nieve con el primero que pase. Olvidaste que en tu país, Julio, no existe la nieve.

El Espectro se saca los mocos y los pega en el espejo. Dos mocos verdes y hermosos: uno sobre la imagen de Julio Indiferencia y otro sobre la de Tata Qué Asco. «Ojalá que no se muevan», piensa y también en lo mucho que le gustaría pintar de verde los códices en latín de Julio y hasta la *Lingüística Románica*, Lausberg, tomo I. Si no lo hace es por evitar que le adjudiquen alguna intención de simbología antisemita al simple placer de los colores (verde y carne), por evitar el *happening*. Enciende un cigarro y Julio otro y con el de la muchacha ya son tres y ventanas cerradas. El auge del imperio del humo casi tropieza con las alturas del techo.

«Quizás podríamos jugar», se dice el Espectro y anuncia el

Menú

1.–Shanghai: del mazo para pitonisas se reparten siete cartas a cada uno; ensamblar en los palos y en los números; al dos le corresponden dos cartas; al siete le corresponden tres; no hay comodín; el As de oros es el Boom-boom, o sea, le corresponden tres; cuando tenga en sus manos la última cartas el heraldo gritará «¡Shanghai!» y pondrá a hacer la cañasanta[4] perfecta; de no ser así, le corresponde una. Hoy le toca ganar a Julio.

2.–Veo-veo: «vuelan estampillas por el correo»: ver algo en particular; decir «veo-veo» (la cuestión de las estampillas se puede aplazar); determinar el color a manera de prueba de que lo visto pertenece a la realidad más inmediata de los tres; buscar lo visto con ayuda de las direcciones de acercamiento y de la temperatura. (Este juego, por cierto, ha degenerado mucho: antes se respondía «frío» o «caliente», pero en la última sesión ya la muchacha exigía «grados de tibieza».) Aunque no le toque, Julio siempre gana.

3.–Garfilotear:[5] «En el principio era el Verbo y el Verbo era en Dios y el Verbo era Dios»;[6] adentrarse en el misterio de la semántica y descubrir un significado; lo que equivale a resolver un sistema de ecuaciones en la variable «garfilotear» (v.g. ¿Se puede garfilotear desnudo en medio de la calle?). Prohibido el verbo «crujir».

---

4 *Cañasanta*: Infusión de Lemongrass para bajar la fiebre. (En Cuba suele tomarse como si fuera té, aunque no tengas fiebre ni nada, ya que alivia la dolorosa sensación de hambre. Es lo que llamamos en la isla «engañar al estómago». ELP).

5 Palabreja inventada, ignoro por quién, para designar un verbo desconocido que los jugadores habrán de descubrir en el transcurso del juego, preguntando cosas como: ¿se puede garfilotear bajo la lluvia?, ¿los animales garfilotean?, ¿garfiloteaba José Martí?, etcétera. ELP.

6 Famoso enunciado cuyo origen se encuentra en el Evangelio según San Juan de las Sagradas Escrituras, específicamente en el Reina-Valera, la versión al español de la Biblia publicada en 1569 y revisada en 1602 por Cipriano de Valera. Allí aparece ligeramente distinta: «En el principio era el Verbo y el Verbo era *con* Dios y el Verbo era Dios». (Acá la empleo en un sentido mucho más pedestre, acaso irónico, donde Verbo no significa razón, pensamiento, discurso, etcétera, sino lisa y llanamente verbo, categoría gramatical. ELP).

Esta proposición, supremo discurso asesino del tedio, entusiasma a Julio, quien guarda el libro debajo de la almohada. La muchacha eleva su categoría espacial del suelo a la cama para anunciar su desacuerdo porque:

Tengo hambre

y el filólogo es un tramposo, en el Shanghai esconde cartas, dice que las pone en el piso para que no se le caigan, lo cual no me parece ningún chiste, sus enigmas de Veo-veo consisten en el humo gris y las grises telarañas y, por si fuera poco, dice que el Verbo sería Dios en el principio, pero que el principio está ya muy lejano y el Verbo no es otra cosa que una experiencia alternativa, un estúpido garfiloteo, con lo cual genera esas interminables discusiones de filosofía tropical donde, tú lo sabes bien, René, todos perdemos la paciencia...

—El hambre es irremediable, Tata –dice Julio–, el refrigerador está vacío y la puerta tapiada.

—Correr la suerte de Ugolino[7] fue decisión de los tres –recuerda el Espectro–, podemos jugar, fumar, dormir...

Como no pudiste, Julio, sacarle en claro dónde vivía, la trajiste para tu casa (esta misma donde ahora se pudren) y se te ocurrió entonces una taza de leche con chocolate caliente y una frazada. En pleno agosto. Thais, ni ronca ni malhablada, te confesó su escasa-casi-nula necesidad de esas atenciones, aunque desde luego, te lo agradecía mucho, aun en el caso de preferir que le permitieras usar la ducha, agua bien fría para espantar la borrachera.

René,

conocido en ocasiones como el Espectro, llegó dos días después

7 La primera de tres referencias al conde Ugolino della Gherardesca, quien fue acusado de traición y condenado a morir de inanición junto con sus hijos, encerrados todos en una torre. La escena en que Dante Alighieri (1265-1321) describe el final de Ugolino en su *Divina Commedia* ha dado lugar a más de una interpretación. Una de ellas afirma que Ugolino recurrió al canibalismo para saciar el hambre y la otra, que no fue así. (Un relato escalofriante, con canibalismo o sin él, que ha motivado a otros muchos escritores del Dante a la fecha. El mejor de todos: Edgar Allan Poe, con su inolvidable cuento «El tonel de amontillado». Fue a partir de esa lectura que busqué al Dante. ELP).

para quedarse. Diabólicamente (espectralmente) flaco, cargado de hombros y vestido de negro, todos los lunes quiere ser el primer violín de Jehudi Menuhin;[8] los martes, Vyasa, el autor de *Mahabharata*;[9] los miércoles, un diente de león; los jueves, un travesti luchador de greco y sólo durante los fines de semana asume su propia personalidad exenta de lamentos y sollozos. Todo en un *tempo* muy despacioso de vivir por capítulos, *tempo* de telenovela, incluso cuando afirma, emocionado, que algo está podrido en Dinamarca o cuando remeda la voz de Laurie Anderson en el LP *Big Science*[10] y responde a la pregunta *What is behind that curtain?*[11] con sus palabras naturales (–Polonio el supersticioso)[12]. Hace dos semanas que no sale, obsesionado con la idea de que la calle no existe.

Idea que nos inyectaba, sesión tras sesión, a Tata y a mí, hasta conseguir que tapiásemos la puerta. ¡Conjurar al abismo! ¡Y ni siquiera duda el viejo cabrón! (Inmutable René.) Un comienzo de deshacer esquemas, de abolir creencias, devino nuevos esquemas y creencias perfectamente insertables en la cotidianidad. Y todavía estamos bien, cuando se nos ocurra dudar de la firmeza del suelo que pisamos (una vida a prueba de sismos) entonces ya veremos lo que sucede. Por ahora, tal vez y para siempre, no encuentro motivos para perder la calma: en *realidad* (¡cómo me cuesta pronunciar esa palabra!), con o

---

8 Virtuoso del violín, Yehudi Menuhin (1916-1999) nació en los Estados Unidos de padres judíos. Se estableció luego en Suiza y más tarde en Gran Bretaña. Tocó como solista a la edad de siete años con la Orquesta Sinfónica de San Francisco. (Me resulta muy erótica la relación que se establece, durante los conciertos al menos, entre un gran violinista y su curvilíneo instrumento. A Menuhin lo he visto tocar sólo en filmaciones, pero igual me habría encantado *ser* por un ratico uno de sus violines. ELP).

9 Al sabio hindú Vyasa, también conocido como Krishna Dvaipayana o Vedavyasa, se le atribuye la autoría del *Mahabharata*, una colección de poemas épicos. (No soy muy adicta a la sabiduría de la India lejana y misteriosa. Sin embargo, las reflexiones acerca del sentido de la vida que aparecen en el *Bhagavad-Gita*, contenido en el *Mahabharata*, me dan que pensar. ELP).

10 Laurie Anderson, nacida en 1947, es una artista norteamericana dedicada a la *performance* y la música experimental. Su primer álbum, *Big Science*, de 1982, incluye la canción «O Superman». (Nos cuadraba una pila, a mis amigos y a mí, cuando éramos adolescentes. ELP).

11 ¿Qué hay detrás de esa cortina? Proviene de la letra de la canción «Born, never asked», del álbum *Big Science*. (Antaño me divertía imitando a Laurie Anderson. Tenemos voces muy similares. ELP).

12 Polonio, chambelán del reino de Dinamarca, donde se desarrolla la trama de la obra de William Shakespeare (1564-1616), *Hamlet*. En una escena del drama, Polonio se esconde detrás de una cortina para vigilar la conversación entre Hamlet y Gertrudis. Hamlet descubre que hay alguien espiando y lo agrede con su espada, creyendo que se trataba de Claudio, el asesino de su padre. (Este Polonio era, sin duda, un tipejo muy latoso, pero no merecía morir así. Shakespeare era terrible. ELP).

sin calle, todo sigue igual.

Ella a veces se pone nerviosa. Después de todo es la más joven de los tres. Julio recuerda el chip-chip del agua al caer, el tap-tap de los cochinos piececitos aplastadores de charcos y el chapoteo simultáneo a la parodia inevitable de una canción de los Beatles a través de la ausencia de puertas y cortinas. A cambio de la epopeya en el invierno nórdico le regalaron una agradable excitación. La madrugada se ponía obvia en el reloj entre sendos vasos de té con limón. Julio escuchaba el relato de cómo eran los días difíciles de una muchacha. Enamorada de un tal Enrique, se había dejado

GOLPEAR

horriblemente por éste en varias ocasiones, pero se hartó y dejó a Enrique y dejó la escuela (Matemática, pura manifestación de colinidad),[13] pues el profesor de Marxismo la había llamado penetrada y antiestética, y lo de penetrada, pase, pero antiestética sí que no, a pesar de los suspensos que le llovían en Álgebra y Análisis.

Esta nueva madrugada también se pone obvia en el reloj que anuncia la corrosión de tres estómagos por los jugos gástricos. Los dos mocos se han endurecido sobre el espejo («¿Acaso no se pueden modelar figuritas con semejante material?», se pregunta el Espectro mientras camina hacia el baño), pero las imágenes se han desplazado hace rato.

TRES ESTÓMAGOS

corridos («¡Quién los viera por dentro!», piensa el Espectro desde el baño mientras se baja el pantalón) no confirman por necesidad el éxito de una representación heroica.

—«Ugolino della Gherardesca» –lee la muchacha en la Enciclopedia–. «Tirano de Pisa, del partido gibelino [...], inmortalizado por Dante en su *Divina Comedia.*» Oh, muy folletinesco... ¿Ustedes creen que alguien se dedique a inmortalizarnos a nosotros?

---

13 Referencia a la Colina Universitaria, donde están ubicadas algunas facultades de la Universidad de La Habana (UH). (Entre ellas la de Matemática, donde cursé un par de semestres antes de matricularme en la de Artes y Letras en 1992. El profe de Marxismo, en efecto, era un insigne cretino. ELP).

Ni este lenguaje de cripta ni los ruidos y olores que emergen del baño, donde a puertas abiertas el Espectro defeca algo impreciso, son capaces de asombrar a Julio.

—La inmortalidad, ya sea real o metafórica –afirma–, puede ser algo muy desagradable, Tata.

La muchacha sonríe.

—Oye, René, apestoso... ¿no quieres que te inmortalice?

Se oye un pedo en el cual ella supone sonoridades afirmativas. Pero la cámara no aparece por ningún lado y el fogonazo no llega a producirse. (Bien que debería ser inmortalizado el Espectro inmerso en la práctica de lo que él considera el arte decimotercero.)

¿Por qué nadie

llama a la puerta? ¿Dónde están los vecinos y los bomberos y la policía? ¿Será verdad que la calle no existe? Mira, Thais, estate quieta, si quieres echa un poco de humo. Parece que estos tarados te van a llevar al manicomio... ¡Qué miedo, verdad? Anjá, haz lo que te digo. Fíjate que ya no te preocupan ni el principio ni el final de las cosas. Es muy posible que estés embarazada y no sabes de quién... ¡Por favor, no se te ocurra traer otro taradito al mundo! Julio te dijo que la muchacha que fuera con él corría el riesgo de regresar con un Julito, pero no especificó si se trataba de un bebé o de un adulto disminuido. La última vez que comiste no la recuerdas.

«¿Por qué nadie, por qué?», piensa la muchacha. «¿Quién es Julio? Sí, igual que yo, un ex *fool on the hill*,[14] Cayo Julio Verne Cortázar.[15] ¿Quién es René? Bueno, sí, también, un ex actor de teatro. Según he oído decir, por poco estrangula a un dramaturgo cuando

14 «The Fool on the Hill», una canción de los Beatles, escrita por Paul McCartney e incluida en el álbum *Magical Mystery Tour* (1967). (Los tontos de la Colina éramos los estudiantes, o quizá los profes, o los decanos, o el mismísimo rector, de nuestra gloriosa UH. Algún día, creo, escribiré mis memorias de los siete años que pasé allí. Les aseguro que se van a reír. Salvo que les dé por llorar, claro. ELP).

15 Referencia a tres personajes, de distintas épocas y latitudes, con el nombre de Julio: Cayo Julio César (100 a. C.-44 a. C), líder militar y político romano; Julio (o Jules) Verne (1828-1905), francés, autor de *Le Tour du monde en quatre-vingts jours* (La vuelta al mundo en ochenta días) y otras novelas de ciencia ficción; y Julio Cortázar (1914-1984), a quien debemos *La vuelta al día en ochenta mundos*, además de *Rayuela* y otras novelas y colecciones de cuentos. (Disfruté mucho leyendo, en diferentes épocas de mi vida, a cada uno de ellos. Incluso al primero, que lo leí en latín como ejercicio escolar en la carrera de Lenguas y Literaturas Clásicas. ELP).

éste le exigió limpiar el escenario, lleno de aserrín, poliespuma y pinturas ocres y rojas, después de una función. ¿Y yo? ¿Quién soy yo? ¡Mira que me hago preguntas tontas! Me llamo Thais de Alejandría, una que se dedica en estos momentos a titular historias personales.[16] Estoy frita si se acaban los cigarros».

El ex actor de teatro sale del baño y se tira de nuevo en la cama. El ex *fool on the hill* extiende la mano para sacar su libro de abajo de la almohada. La muchacha les propone entonces jugar a otra cosa. Ellos se miran: no habían pensado en eso. ¡Y es tanto lo que deben pensar! Como no son dos sino tres (pedazo de cantidad mística y valga la perogrullada) un pequeñito símbolo de factorial (!) les hace guiño detrás del número «corriente» de posiciones.[17] (Casi siempre demoran tanto en la selección que al final lo que tienen es tremendo sueño y no hacen nada.)

—No me apetece –dice el Espectro, asustado por la proximidad del interminable preludio.

La muchacha mira a Julio. El pequeñito símbolo factorial (!) ha desaparecido y, comoquiera que sea, según ella, entre dos no hay mucho que discutir. El Espectro se pregunta si esta versión libre del albur de Ugolino no será, en verdad, *demasiado* libre.

No es que me moleste: antes de Julio y Thais he conocido otras dimensiones penetrantes y penetrables. La cuestión radica en el método. Claro, miren, voy a ver si me explico.

El actor

no tiene por qué «ser» el personaje. Es más, no puede serlo de ninguna manera. Se trata de conseguir la mejor aproximación, pero, eso sí, a lo largo de toda la puesta tiene que ser evidente que sólo se trata de una aproximación. El punto de equilibrio entre «ser» y «no ser» es único para cada cual. ¿Comprenden ahora? Estoy casi seguro

---

16 Thais, cortesana de Atenas, viajó con el ejército de Alejandro Magno para invadir a Persia. De acuerdo con una anécdota, persuadió a dicho líder militar, rey de Macedonia, a incendiar Persépolis. (Humm... Lo dudo. A ese muchacho nunca hubo necesidad de persuadirlo para que prendiera fuegos. ELP).

17 Según el *Diccionario de la Lengua Española* de la Real Academia (en lo adelante, *DRAE*), el factorial es el «producto que resulta de multiplicar un número entero positivo dado por todos los enteros inferiores a él hasta el uno. (Símb. *!*). *El factorial de 4 es 4! = 4 x 3 x 2 x 1 = 24*» (He ahí la clase de cositas que uno aprende en una facultad de Matemática y luego se las zumba por la cabeza a los pobres lectores indefensos. ELP).

de que Ugolino y sus hijos no se dedicarían a esto que desde aquí estoy viendo, al menos mientras estuvieron encerrados en la torre. ¿Canibalismo? Bueno, eso es más posible y en cierta forma se parece...

El Espectro coge el cigarro que dejó caer la muchacha y observa a los amantes, a su lado en la cama. Le parece contemplar la cópula entre dos estómagos corroídos. Julio muerde los pezones de la muchacha, quien insiste en verse así en el espejo.

—No te lo recomiendo –interviene el Espectro–. Se ven bastante ridículos.

Una extraña sonrisa se dibuja en la cara de Julio, deformada por el placer que culmina cuando el Espectro la apaga la colilla sobre la espalda y brota el olor a chamusquina. «Si Tata decide no vestirse más», piensa mientras se abotona el pantalón, «quedaremos los tres inmortalizados en un cuadro de Manet».[18]

18 Referencia al lienzo de Édouard Manet (1832-1883), *Le Déjeuner sur l'herbe* (Desayuno sobre la hierba, La merienda campestre o El almuerzo campestre, que de las tres maneras se ha traducido el título), el cual presenta a una mujer desnuda con dos hombres totalmente vestidos. El cuadro causó un escándalo cuando se dio a conocer en 1863, por desafiar las expectativas realistas. (Sin contar que la tal escenita, en sí misma, resulta bastante maliciosa. La nudista es Victorine Meurent, amante del pintor. ELP).

Al fondo del cementerio

El hombre del aparato suspiró. Otro viaje por gusto. ¿Hasta cuándo esa gente iba a seguir en lo mismo? Paciencia.

Frente a él se encontraba esta vez el muchacho, que si bien no llegaba a los veinte, en verdad parecía un anciano, no sólo por los cabellos grises, casi blancos, sino también por ese peculiar aspecto apergaminado y marchito que los caracteres sugestionables pueden adquirir en el transcurso de una sola noche de terror, durante un breve descenso a los abismos de afuera (angustia) y de adentro (desesperación).

El hombre del aparato lo observó con cierta cautela. Sí, el muchacho era una ruina, un lamentable despojo. No sólo en lo *físico*, hubiera afirmado el moralista que no soy, quizás para dar a entender que no siempre los hechos se habían presentado de esa manera, que accedemos a la descripción del personaje justo en el momento de la supuesta decadencia que sigue a una mala acción.

De cualquier manera, era un ripio, una porquería, casi un cadáver viviente. Los miembros débiles, sin consistencia alguna y al mismo tiempo muy pesados, se diría que demasiado plúmbeos para tan insólita delgadez. Los nervios frágiles hasta el punto de que temblaba al menor esfuerzo, como las cuerdas tensas de aquel que ha sido objeto de una broma muy perversa y aún no se cura de ella. Un simple rumor, un crujido, una sombra, lo hubieran espantado.

La voz, helada y gelatinosa si pudiera tocarse, era un susurro apenas audible y el hombre del aparato se adelantó para escuchar:

—Por el amor de Dios, no vaya a pensar que estoy loco... ¡Pero lléveselo! ¡Lléveselo bien lejos! Si se lo lleva, yo le digo a Lavinia que usted estuvo aquí otra vez, va y a lo mejor la convenzo, ¡por ésta! –Se besó los dedos en cruz y su mirada se movió del pánico a una esperanza todavía dentro del pánico–. ¿Se lo lleva? ¿Sí? ¡Diga que sí!

El hombre del aparato se rascó la cabeza...

Un buen día, tan normal como cualquier otro, mamá y papá pensaron tal vez que ya era suficiente, dijeron hasta aquí y se marcharon. De la casa de tablas medio podridas al fondo del cementerio, de los alrededores, de la insidiosa mugre y las cucarachas muerteras que engordaban con todos los venenos –incluso con los que contienen D.D.V.P., M.I.P.C.,[1] cloruro de metileno y clorofluorcarbonatos diversos–, es decir, desaparecieron del mundo conocido. Lo hicieron al unísono, ligeros, gráciles, como en el mejor *pas de deux*.

A veces llegaban postales con paisajes nevados o los colores del otoño (de las latitudes donde hay otoño), hojas de arce disecadas y unas cartas más que breves, con el matasellos borroso, similares a las que podría redactar, mientras aguarda por el silbato cerca del andén, un conocido casual que habitara en las antípodas. Uno de esos seres desvaídos que, antes de disolverse definitivamente en la multitud, envían sus señas, intereses y aburrimientos a las revistas con sección de amistades por correspondencia. ¿Cómo van las cosas por allá? Aquí, de maravilla. Nosotros, muy bien. Orgullosos de ustedes. Y así un par de veces al año. Nunca fotografías.

Quizás había ocurrido la Desgracia, algo demasiado trágico para ser contado con una sonrisa de tertulia en la mesa de la gente sensata. Mamá y papá enfermos, mutilados, presos o muertos, quién sabe dónde y por qué. En tal caso un amigo, un alma piadosa, o hasta la propia Lavinia, tan fabuladora y llena de recursos para animar lo inanimable, para someter al tótem con todo su reino a la insignificante voluntad de los hombres, era el autor de aquellos signos de la otra vida, de la construcción en un retiro fantasmal donde nunca sucedía nada. Una cima –o sima– despojada de aventuras, de conflictos, casi de palabras. Aquí, de maravilla... Nosotros, muy bien... Escenario en el limbo de lo indiferente para inventarle a Lisandro una infancia despreocupada, feliz, de cierta manera tan libre como la de Huckelberry.[2]

---

1 Sustancias añadidas a los productos empleados en la fumigación, como los organofosfatos. (Las cucarachas se ríen de eso. Bueno, ellas sobreviven a los bombardeos con misiles nucleares. ELP).

2 Protagonista de la novela de Mark Twain (1835-1910), *Adventures of Huckelberry Finn* (Las aventuras de Huckelberry Finn), que narra las peripecias del pequeño vagabundo Huck Finn, en compañía del esclavo fugitivo Jim, al remontar el río Mississippi. (También hace de las suyas en otras novelas de Mark Twain, siempre con su compinche, el imaginativo Tom Sawyer. El contraste entre sus respectivas personalidades es similar al que hay entre Don Quijote y Sancho Panza. Recuerdo que en los buenos tiempos, o sea, cuando teníamos todos –Tom, Huck y yo– la misma edad, me hacían reír a carcajadas. ELP).

Como es natural, paseaban –correteaban, jugaban, se besaban a escondidas y cada cual dejaba que el otro viera lo suyo– juntos por el cementerio. Ciudad de juguete, para ellos la única. Ciudad sin ambiciones tras los muros, rejas herrumbrosas y la puerta de la paz donde los cuerpos y la misma claridad reducen al mínimo su espacio de influencia.

Conocían de memoria cada piedra, tumba y epitafio. Todas las callejuelas y diminutos jardines, las ceibas, yagrumas, flamboyanes que dejaban caer sus sombras encima de la Sombra. Con un cabo de vela incrustado en una palmatoria, cogidos de las manos, bajaban a las criptas. Pequeñas en comparación con las catacumbas y los remotos laberintos que se describen en los cuentos de horror, v.g. Conan Doyle,[3] Lovecraft.[4] Se deslizaban allí, cuando el guardián andaba lejos –el guardián solía regañarlos; si los sorprendía tocándose, los calificaba a voz en cuello de renacuajos corruptos que iban a terminar en una cárcel de menores; por eso lo llamaban «el Brujito de Bururú»–, para adentrarse curiosos en la oscuridad del inframundo, los olores viejos, agrios, terrosos, las irradiaciones fosfóricas de lo pútrido, los fuegos fatuos y las inscripciones apenas legibles.

¡Ah, las inscripciones! Fulano: trabajador intachable, padre y esposo ejemplar. Un alcohólico, explicaba Lavinia. Mengano: mártir de la patria en alguna de las guerras del siglo pasado. Un apóstata, volvía ella, muy contenta con la palabra. Zutano: poeta modernista que se atoró para siempre con un buche de sangre porque los tuberculosos no deben reírse más de la cuenta. Al fin y al cabo, ¿de qué se ríen? Esperancejo[5]: SVM QVOD ERIS...

—¿Y eso? –preguntaba Lisandro.

—Sum quod eris... –Lavinia murmuraba hacia adentro–. Sí, hace unos días, aunque tú no lo creas, lo busqué en las páginas rosadas del *Larousse*.[6]

---

3 Sir Arthur Conan Doyle (1859-1930), creador del personaje de Sherlock Holmes, el genial detective, quien aparece en cuatro novelas y numerosos relatos de este autor. (Escribió, además, novelas históricas y unos cuentos de terror sumamente espeluznantes y deliciosos. ELP).

4 Howard Phillips Lovecraft (1890-1937), autor norteamericano de novelas y cuentos de ciencia ficción y de horror. (Éste es otro que te pone los pelos de punta. No leer antes de dormir. ELP).

5 *Esperancejo*: Voz cubana que suple el nombre de una persona. (Es el hermanito menor de los ilustres Fulano, Mengano y Zutano. ELP).

6 Casa editorial francesa que publica un diccionario en lengua española. El mismo contiene una sección, en páginas rosadas, de contenido histórico, literario y geográfico. (Útil para pescar latinajos y otras locuciones extranjeras con que salpimentar artículos a la manera del *Blackwood*, como diría el bellaco de Poe. ELP).

—¿Y...?

—Dice «Soy lo que serás». Es contigo.

—¿Conmigo? ¿Quiere decir que yo también voy a ser calavera y esqueleto y eso? –preguntaba incómodo Lisandro.

—Es muy probable –Lavinia sonreía bien maléfica.

—¿Y los gusanos me van a comer?

—Es casi seguro –Lavinia sonreía aún más maléfica, su rostro exangüe con labios pálidos, apretados y ojos de halcón, flotaba en lo oscuro como una máscara perdida–. Tú eres muy apetitoso.

Con gran entusiasmo –y terror inconfesado– el hermanito se encogía de hombros. Sólo una circunstancia como ésa, tan amenazadora, conseguía extraerlo de su habitual y excesiva reserva. Entre otras muecas despectivas y obscenas de hombre valiente, casi temerario, le enseñaba su larguísima lengua, parecida a la del diablejo que tentaba a Simón el Estilita,[7] al aguafiestas de la tumba y bailoteaba frenético allí mismo, levantando tremenda polvareda.

—¡No me importa! ¡Yuju yuju! ¡No me importa!

En eso aparecía el Brujito con su linterna, qué miedo, por detrás de unos matorrales, lo agarraba por una oreja, se la retorcía y lo zarandeaba antes de que Lavinia pudiera acudir en defensa del enano profanador. ¿Cuál era la fiesta? ¿Qué falta de respeto con los muertos era ésa, vamos a ver?

Se escondían no sólo del Brujito (¡Un día les voy a arrancar la cabeza! –gruñía éste y se frotaba en el brazo la marca de una doble hilera de dientecitos), sino también de los otros caminantes nocturnos del cementerio: enamorados, drogadictos, necrófilos, recolectores de la hierba y los gajos de la noche para algún sortilegio (luna llena, final del Tata Nganga, caldero enterrado con el poder de Izambi)[8], ofi-

---

7 Santo nacido en Siria a fines del siglo IV. Alejado del mundanal ruido, se dedicó a la vida contemplativa, la oración y la penitencia, permaneciendo por muchos años sobre una elevada columna. La referencia a la tentación proviene de la película *Simón del desierto* (1965), de Luis Buñuel, en la que Silvia Pinal interpreta a una mujer que trata de sonsacar al Estilita. (Le enseña las tetas y le mete la lengua en una oreja, entre otras viles maniobras. Con las tetas no hay problema, pero la lengua resulta *demasiado* larga para tratarse de un ser humano, sólo que Simón no llega a vérsela. Ahora bien, según Umberto Eco, nuestro amigo el Estilita vivía encaramado en la columna con el único propósito de orinar y/o escupir a todos aquellos incautos que le pasaran por debajo. ELP).

8 En la regla de Palo Monte, secta afrocaribeña muy popular en Cuba, el Tata Nganga es el padre de una comunidad, pero los espíritus del caldero sagrado comparten algunas responsabilidades como líderes. Izambi es una divinidad de ese culto. (Muchos de mis compatriotas le tienen a esto tremendo miedo, a la vez que lo practican, aun siendo ateos, materialistas, progresistas y marxistas-leninistas. ELP).

ciantes de sectas satánicas con la cruz hacia abajo, la rosa negra y encapuchados en púrpura, fugitivos de la justicia, pagadores de promesas, ladrones de cadáveres o de las joyas y las trenzas de los cadáveres y muchachos aterrorizados que trataban de ganar prestigio, o alguna apuesta, ejecutando las más impensadas extravagancias.

Era un cementerio bastante concurrido, no cabe duda. Aunque no por ello dejaba de ser, como todas las necrópolis a oscuras, un lugar furtivo, silencioso, a hurtadillas y en voz baja por miedo al eco, a la resonancia que convoca espectros. Lavinia y Lisandro no les temían ni mucho ni poco a ninguno de aquellos señores (ni a los espectros), simplemente rechazaban la vida social. Consideraban que lo mejor para todos era que cada cual anduviese por su lado.

Podía ocurrir que un mausoleo les pareciera lo suficientemente hermoso –como aquel de mármol rojo con guirnaldas y querubines, el de la condesa del no sé qué– para permanecer allí toda la noche; contarse anécdotas sobre el entierro prematuro que habían leído esa misma tarde en el primer tomo de Poe;[9] imaginar cuántos catalépticos podían sufrir los rigores de la asfixia, la impotencia y la capa de tierra apisonada, emanaciones sofocantes y gusanos a la espera, en ese mismo momento encerrados en sus ataúdes muy cerca de ellos (¡Que se jodan!, susurraba Lisandro), y al fin dormir abrazados sobre la superficie pulida, fría. Niño y jovencita en azul y rosa: un tierno cuadro de Sir Joshua Reynolds.[10]

Entonces emergían las cucarachas. Sin consideración alguna por la infancia humana, tan desvalida y extrañamente huérfana, se trepaban por montones como si todas quisieran llegar primero al botín. La toma de una fortaleza con el puente bajo. Los caminaban, los emporcaban con su baba y su tufillo, les roían la ropa, las uñas, el pelo... En resumen: abusaban de ellos. De vuelta a casa en la mañana, Lavinia y Lisandro sacudían sus bolsillos y pliegues para que las innumerables intrusas se escurrieran en todas direcciones en busca de cobija. Competían a ver cuál de los dos había cargado con más de ellas.

---

9 En el cuento de Edgar Allan Poe (1809-1849), «The Premature Burial» (El entierro prematuro) se narran diversas anécdotas sobre personas que accidentalmente fueron enterradas vivas. (Exquisito. Más que un cuento, semeja uno de esos artículos sensacionalistas que se publicaban en el *Blackwood* por aquel entonces y de los cuales Poe, con su cara muy dura, habría de burlarse posteriormente. ELP).

10 Renombrado pintor inglés del siglo XVIII, Sir Joshua Reynolds tendía a idealizar a sus modelos. (Los héroes de este relato hubiesen puesto a prueba su talento. ELP).

Una grande valía por dos chicas, una sana por tres desguazadas, una albina por cuatro pardas. No tomaban antibióticos. Ni siquiera se lavaban. Y es que mamá y papá habían volado en el cono del tornado antes de educarlos de una manera profunda en el odio, el espanto y el asco al inadmisible demonio hogareño, el enemigo #1 de las amas de casa y de las personas decentes en general. No lo llevaban impreso en el superego, así de sencillo.

La casa de tablas medio podridas, húmeda, calurosa, abundante en recovecos y escondrijos, padecía los efectos de una superpoblación de criaturas indeseables. Pululaban por doquier: piso, techo, paredes. Subían y bajaban a toda hora. Se las podía encontrar dentro del horno, debajo de la palangana, encima del jabón o la espumadera, en las gavetas de la Singer,[11] entre las sábanas. Ahogadas (o casi) en el inodoro. En todos sus tamaños, formas y tonalidades. Aisladas, por parejas o en masa, aparecían donde menos se las esperaba, si bien es cierto que, con los años de vida en común, Lavinia y Lisandro habían aprendido a esperarlas: sus aguzados sentidos eran capaces de advertir una alada presencia quieta en medio de la oscuridad más espesa y a varios metros de distancia.

Durante el reposo, y aun durante el abrazo del descubrimiento, volvían confianzudas a caminarlos, a contaminar, a roer. Las manos de Lavinia resbalaban por la línea de la espalda del hermanito sobre ella y... cucaracha. La mordía él, suavemente, allí donde más duele, miraba hacia arriba por alcanzar su rostro y... cucaracha. La mácula prieta y móvil sobre la piel blanca, transparencia, hilillos: cada uno solía encontrar algo inquietante en el sabor del otro. Se las sacudían si estaban de vena; si no, las toleraban. Apenas podían hacer un gesto algo violento (un resbalón tras el primer fluido, un himen roto) sin apachurrar alguna. Lisandro estaba convencido de que el día menos pensado se iban a despertar como Gregorio Samsa, convertidos ya sabemos en qué...[12]

Desde el umbral, el hombre del aparato explicó sus intenciones a

11 Marca de máquinas de coser. (Mi mamá tenía una, pero sin cucarachas. Ella sí que jamás en la vida hubiese tolerado tamaña insolencia. ELP).

12 Gregorio Samsa, protagonista de la noveleta de Franz Kafka (1883-1924) *Die Verwandlung* (La metamorfosis), se convirtió en el curso de una noche en un insecto monstruoso. (Durante años creí que se trataba de un cucarachón talla extra. Pero Vladímir Nabókov sostiene enérgicamente que se trata de un escarabajo descomunal y él entiende de bichos más que yo. ELP).

la mujer. Lo hizo una y otra vez, en el estilo de un benefactor, sin gesticular y sin alzar la voz. Le mostró sus credenciales como quien exhibe una quimera. Flacundenga, chupada, puro hueso, rótulas salientes y teticas lacias como de perra con muchos partos debajo de una bata medio transparente y hedionda, ella negaba con la cabeza. Una mano apoyada en el marco de la puerta y la otra en la cintura, la estampa misma de la negación.

—De eso nada, señor.

—Pero es que tengo que hacerlo. Para eso me pagan. ¿Será posible que no se dé cuenta?

—Aquí nadie lo llamó a usted, señor.

—No son ustedes los que tienen que llamar. Es un problema de salud pública. Mire...

—En esta casa no hay nada público, señor. Todo es privado. Si le interesa algo público, ahí enfrente tiene el cementerio. Hay bellos monumentos.

—¡Ah! Usted no entiende. Le gusta complicarse. ¿Por qué no me deja hacer mi trabajo y así salimos de esto?

—El que se complica es usted, señor. No hay nada de qué salir.

—¡Pero...

—Yo ya le dije, señor, que en esta casa no hay cucarachas.

—¿Ah, no? ¿Y ésa?

El hombre del aparato apuntó con el índice triunfante, recto y acusador, a una sujeta que al parecer había estado escuchando muy atenta desde el suelo, a pocos pasos de la puerta (del lado de adentro, claró está), la discusión acerca de su destino, como un reo ante los sofismas y otros razonamientos torcidos que se cruzan entre la defensa y el fiscal. La mujer la miró sólo para sonreír plácidamente y mirar de nuevo al visitante.

—¿Qué hay con ella, señor?

Semejante actitud, mezcla de apatía, condescendencia y descaro, provocó de tal modo la indignación del hombre del aparato que, con total olvido del susodicho, tanques, tubos, mangueras y un líquido asesino, se adelantó con la intención evidente de triturar de un pisotón al atrevido bicho. Pero la mujer se interpuso y chilló:

—¡No se atreva, señor! ¡No se atreva! –Parecía asustada en serio–.

¡Usted no tiene ningún derecho a invadir mi casa!

—¿Pero no está viendo que es una cucaracha?

—¿Y por eso tiene que aplastarla? Es la única que hay. ¡La única!

El hombre del aparato de echó a reír. Después de todo, aquel grillo[13] malojero[14] tenía sentido del humor.

—Así que la única, ¿no? Atiéndame –volvió a señalar el punto maldito–. Donde hay una, puede haber catorce mil. ¡Son pandilleras!

—Aquí no, señor. Ésa es la única, se lo aseguro. Y la queremos mucho. Es como si fuera de la familia... –El hombre del aparato se reía con ganas–. ¿No me cree usted? ¡Pues mire! Se lo voy a demostrar.

Rápida como una centella, antes de que el hombre del aparato pudiera impedírselo (tan entrometido, tan petulante, según ella), la mujer atrapó a la cucaracha con la mano y la sostuvo, viva y entera, sin presionar mucho, entre el índice y el pulgar. El pequeño monstruo juntaba y separaba las mandibulillas emitiendo una especie de lejanísimo cri cri sólo para oídos entrenados y agitaba patas, alas y antenas en un remolino carmelita de lo más horrorizado.

—Mire usted cómo la puso con sus amenazas. Pobrecita.

Al hombre del aparato se le había terminado la risa, casi el alma y el estómago. Contemplaba la escena con los ojos desorbitados y la boca aún más abierta. Sin prestarle atención, la mujer *besó* a la cucaracha del mismo modo en que se besa al bebé enfermo o al amante moribundo; le prodigó algunas caricias también impregnadas de esa fragilidad esencial –resignación, esperanza– que se suele atribuir a lo efímero, a lo que dura un pestañeo; le dijo «mi chiquitica» y por fin la colocó en el suelo con la mayor delicadeza del mundo. La chiquitica, no muy acostumbrada a tan vehementes demostraciones de afecto, huyó despavorida.

El hombre del aparato también huyó.

Mucho había de obstinación en la timidez de Lavinia. Se sabía fea, miserable y probablemente infectada por una legión de microbios.

---

13 *Grillo*: Voz cubana para denigrar a la mujer flaca o prostituta. (Sobre todo a la flaca, ya que en mi país la extrema flacura no se considera para nada atractiva. En esta isla caribeña y multicolor, si no tienes buen culo te fregaste, eres una perdedora. ELP).

14 *Malojero*: Voz cubana que significa de poca calidad. Por «maloja», hoja de la caña de azúcar o del maíz. (Aplicado a un grillo, implica, además de la inadmisible flaquencia, una absoluta falta de gracia y de encanto de cualquier índole, lo que se dice una «triste figura». ELP).

Bien distinta a las damas de los castillos horripilantes de las narraciones góticas en tanto romanticismo de tierra fría, digamos a lo von Kleist,[15] señoras blancas como la luna, a veces con el sello de la disolución ruborosa en lo alto de los pómulos, dedos finos, frente amplia, nariz aguileña y grandes ojos de una transparencia cerúlea, eso que algunos han dado en llamar «belleza tísica». En el caso de Lavinia no es necesario extenderse mucho: se trataba más bien de una «fealdad tísica». Malograda, bruna, consumida, nada poética. Si bien no sentía repugnancia por sí misma –o no quería sentirla, o la sobrellevaba con esa rastrera dignidad que también seduce en ocasiones–, lo cierto es que se adivinaba muy diestra a la hora de inspirarla a los demás, a la gente, vulgar y supersticiosa según ella, que vivía apartada del cementerio y de cuanto se relaciona con la muerte. A veces se divertía con eso, por qué no: entre sus loables pasatiempos, ninguno resultaba tan ameno como atormentar al hombre del aparato. Ella no hubiera cambiado ni por un millón de pesos la cara de su víctima (el hombre) frente al gran beso de esta historia.

Pero otras veces la habilidad –que por momentos escapaba de su control hasta conducirla, como el gesticulador[16] o algún personaje de Stevenson,[17] a dudar sobre si realmente se trataba de una habilidad o de su propia naturaleza– la sumía en un pozo de melancolía, ese cae y cae el desapego del ser para consigo mismo. La entregaba al deseo de asimilarse a las piedras, a las losas rotas, a los vanos conjuntos de mármol o de bronce de allá enfrente. A un hoyo insondable con la tristeza de no hablar, no comer, no dormir en varios días, de asomarse todo el tiempo a la ventana con la vista fija en el muro más próximo del cementerio... Allí donde, junto a la cruz griega en relieve, algún bromista había pintado una svástica. Era demasiado y seguía el furor por no saber de sí, por las nubes que bajas y densas se cernían sobre la casa, por la nueva indiferencia de Lisandro, quien ahora siempre miraba hacia otro lado.

---

15 Heinrich Wilhelm von Kleist (1777-1811), poeta, dramaturgo y narrador alemán perteneciente al movimiento romántico. (Demasiado ampuloso, rimbombante y un poquito aburrido. ELP).

16 *El gesticulador,* una de las piezas teatrales más conocidas del mexicano Rodolfo Usigli (1905-1979). (Sobre cómo la máscara se va convirtiendo en rostro. Muy aleccionador. ELP).

17 El escocés Robert Louis Stevenson (1850-1894) escribió, entre otras novelas, *Treasure Island* (La isla del tesoro) y *Strange Case of Dr. Jekyll and Mr. Hyde* (El extraño caso del Dr. Jekyll y el Sr. Hyde), esta última sobre un caso de doble personalidad. (Mi favorita indiscutible entre todas las narraciones, largas y breves, que versan acerca de ese tema, incluyendo las de Oscar Wilde y Sinclair Lewis. ELP).

Se vengaba entonces de las cucarachas, infames tipejas que pretendían suplantarla (y eso que aún ignoraba cuánto). Introducía con furia el palo de la escoba en los huecos más populosos, favelas o barrios marginales, y armada con una chancleta de goma dura las aniquilaba a golpe a medida que iban saliendo.

—Venenitos, venenitos... murmuraba hacia adentro como en los días en que daba explicaciones–. ¡Qué clase de imbécil! Esto, esto es lo que ellas necesitan, lo que se andan buscando las muy hijas de p... ¡Se cree un elegido de Dios sólo porque tiene un aparato! ¿A quién le importa eso? ¡No a mí! ¡Yo también las mato! ¡Así, así y así!

Una, dos, un familión entero convertido en pulpa, sustancia blancuzca y carapachos quebrados como galletas de sal. Agónico agitarse de antenas y extremidades, el genocidio, la masacre, la noche de San Bartolomé.[18] Las que lograban escapar esperaban afuera a que amainara la tormenta para volver a entrar, seguir con su rutina y poner manos (paticas velludas) a la obra en la noble, mágica, bendita, inescrutable tarea de reproducirse de nuevo.

Lisandro también permanecía afuera, medio cegado por estar siempre adentro fugitivo de la luz, molesto con la escandalera y el temperamento tan variable de su hermana. ¡Esa lunática! A más tardar en un par de horas, bien lo sabía él, luego de barrer los restos de la matanza inútil y apilarlos en montículos en el patio quizás para incendiarlos –los carapachos demoran en arder y hay quien dice que resisten hasta la bomba atómica–, ella estaría llorando acurrucada en cualquier esquina como una mendiga leprosa.

No iría a consolarla, no. Nada de apretones y pellizcos y anda, mírame, tú me tienes a mí... Querría hacerlo, claro, pero se mantendría firme. Como una piedra. Como las columnas del mausoleo de mármol rojo. Lisandro el duro, el indiferente. Tan rápido habían cambiado las cosas entre ellos... ¿Por qué no podía dormir sola? ¿De dónde los sueños horribles que acababan en aullidos y que, a pesar de todo, no quería contarle? ¿Por qué se revolcaba entre las sábanas como una cucaracha mal ejecutada, medio viva o medio muerta?

---

18 En la noche de San Bartolomé se llevó a cabo una masacre en contra de los hugonotes durante las guerras religiosas del siglo XVI en Francia. (No sé cómo llamaban los católicos a los hugonotes por aquella época. Los nazis empleaban para referirse a los judíos la misma palabra alemana: *Ungeziefer*, sin equivalente preciso en español, que Kafka utiliza para definir en qué se convirtió Gregorio Samsa. Y los hutus de Ruanda llamaban «cucarachas» a los tutsis durante aquella sangrienta primavera de 1994. Esa mala maña de «encucarachar» al prójimo puede constituir, de por sí, una incitación al genocidio. ELP).

¡Que la consolara ése, ése que había traído! ¿Acaso no conversaba con él allá en la distancia? ¿Acaso no se pasaban la mayor parte del tiempo...

Sí, ya lo dije: de tanto vivir entre cucarachas, Lisandro percibía todos los sonidos con una hiperestesia que bien se podría calificar de mórbida. No se le escapaba ni un aleteo. Por si fuera poco, pegaba la oreja a la pared carcomida que lo separaba de su hermana enredada con «ése» y se apropiaba hasta del rumor más intrincado, más hondo. Una respiración agitada, un gemido sordo, fricciones entre superficies húmedas, jadeos... Al principio sufría, le resultaba doloroso que Lavinia pudiera prescindir de él. Pero al poco tiempo descubrió una forma de hacerlo todo más divertido. Una forma milenaria que pronto se convirtió en un rito donde no sólo usaba las manos...

Con estudiado descuido el muchacho tarareaba la vieja canción del brujito que se convirtió en mariposa por obra y gracia de un doctor que andaba en cuatrimotor y ponía inyecciones sin ton ni son.[19] ¡Canalla! Mariposas ridículas había de sobra; brujito, sólo uno. Embargado por tan lúgubres reflexiones, se sentaba en el contén, recogía del suelo un cabo de cigarro, lo encendía. Papel amarillento, picadura suelta y humo gris. Contaba a las sobrevivientes agrupadas a su alrededor como a la caza de un campeón, un príncipe niño bien dúctil, un infante más manejable que la regenta sanguinaria, cucarachicida, y se decía que sí, que eran más que suficientes para realizar el rito, que ellas y él estaban a salvo de perderse en el maremágnum de alguna transformación radical: la vida, allá en el fondo, proseguía inalterable su curso.

La única compañía de su misma especie que Lavinia había logrado conseguir, «ése» con quien... desde que Lisandro abandonara su cama para mudarse a la pieza contigua –el campeón ya no podía más con tantos huesos, quejidos, ahogos de malos sueños, patadas en la boca, rodillazos en los testículos y, para colmo, reticencias; prefería dormir en un catre desvencijado o en el mismo suelo; lo otro, ya se vería, según él se trataba de asuntos muy diversos que su hermana debía entender y no entendía: ella necesitaba, nadie sabe por qué, un amante

19 Versos de la tonada infantil «Canción de la vacuna» de María Elena Walsh, compositora argentina nacida en 1930. (Soy fan número uno de las canciones infantiles de María Elena Walsh. Aparte del malévolo pero muy simpático brujito, quiero a Don Polillo, a la vaca que iba a la escuela, al perro salchicha que creía volar en helicóptero, en fin, a la tribu completa. ELP).

a tiempo completo...–, era un individuo encorvado, sombrío, con una fisonomía tenebrosa, patibularia y descarnada que a nadie más le hubiese gustado.

El advenedizo trabajaba limpiando pisos, baños y escupideras en un hospital oncológico, lo cual representaba un ascenso para él, ya que antes había sido sepulturero y la casi muerte, aunque más estrepitosa, le era, con todo, preferible a la muerte. Era un tipo raro que amaba la vida, si bien tenía de ella un concepto extremadamente amplio, muy poco común. Nunca se le hubiera ocurrido convertir al brujito en mariposa, ni siquiera en una tatagua.[20] Epiléptico de gran mal, sus conocidos lo tenían por falto de seso, se lo repetían todo dos y tres veces, bien despacito, bien clarito, y él les seguía la corriente. Lo llamaban «la Momia» debido a su singular semejanza con los residuos encontrados por *lord* Caernarvon y compaña en aquella recámara siniestra por donde deambulaba el *ka* del faraón para ajusticiar a los fisgones.[21]

Contra todo pronóstico, había resultado ser un amante espléndido. O al menos, adecuado. Amable como la penumbra rojiza de la media tarde y los espejos ahumados, esos que poco o nada reflejan. Pacífico, sepulcral. Adulto. No le molestaban para nada los huesos de Lavinia (conocía los nombres de cada uno y la mejor manera de acomodarse entre ellos), ni sus repentinos cambios de humor, ni los asaltos o repliegues de las cucarachas, ni las pesadillas infernales con mamá y papá cayendo por un precipicio en un carro incendiado o amarrados y desnudos bajo el potente foco de una celda de tortura. La abrazaba en el tenue resplandor que media entre la atrocidad del sueño y la atrocidad de la vigilia para susurrarle al oído que no había que asustarse por tan poco, ya que bien podía suceder algo peor aún: lo Innombrable, decía y hasta pronunciaba la mayúscula, lo que nadie puede revelar sin que le estallen de repente las aurículas y los ventrículos.

Tampoco hacía mucho caso a los celos abigarrados de Lisandro, quien fingía ignorar su presencia de mil curiosas maneras –no lo sa-

20 *Tatagua*: Voz cubana. Mariposa nocturna de gran tamaño y color oscuro. Referencia a la leyenda de la india Aipiri, convertida en tatagua por Mabuya, el dios del mal, por no cuidar a sus hijos. (No es por justificar la mala conducta de Aipiri, pero en verdad creo que a Mabuya se le fue un poco la mano en este asunto. Igual los pobres niños siguieron sin cuidados. ELP).

21 Lord Caernarvon financió el viaje a Egipto de Howard Carter, quien descubrió en 1922 la tumba del faraón Tutankhamun. El *ka* es una parte del alma en la mitología egipcia. (Lord Caernarvon murió de neumonía poco tiempo después y un hatajo de intrigantes, entre quienes se hallaba nadie menos que Sir Arthur Conan Doyle, le echaron la culpa a la momia, que era inocente. ELP).

ludaba; le escondía el fenobarbital para asistir mejor a sus ataques convulsivos, desde el aura y el palitroque envuelto en gasa que Lavinia le colocaba solícita entre las mandíbulas, hasta la inconsciencia y el sopor; hablaba mal de las personas que limpian los pisos, baños y escupideras en los hospitales oncológicos con todos sus alaridos y pudriciones y trapos manchados; le hacía muecas por detrás remedando espasmos, ojos en blanco, espumarajos y contracciones musculares; le echaba cucarachas en el café y a menudo la Momia escupía un ala o una pata viscosas y hasta pedazos de abdomen rayado–, tal vez porque el muy inconsecuente extrañaba las teticas de su hermana, es decir, el tiempo feliz en que dormía con ellas entre las manos, bien apretadas después de un reconfortante paseo por el cementerio para soñar con hojas de arce todavía verdes. Ya se había olvidado el muchacho de las patadas, los rodillazos y la absurda discreción que acerca de su vida onírica mantenía Lavinia. Sin saber cómo recuperar lo perdido, se dedicaba con ahínco a poner a prueba la paciencia de su rival.

La Momia, lo dicho, no entraba en el juego. Incluso comprendía. Para mayor humillación de Lisandro, la Momia se daba el lujo de comprender.

—Se siente desplazado, mi chiquitica, y hasta cierto punto tiene razón –lo justificaba y hasta lo defendía de las malas caras de Lavinia–. Todavía es muy joven, ya se le pasará.

La increíble Momia era justo ese tipo de persona, ideal para algunos, que de nada se asombra, que va como si volviera y resiste sin chamuscarse el salto a través del aro de fuego de cualquier historia sucia y pervertida (?), ya no humana, como lo más natural del mundo, porque todo puede ser y el escándalo sólo reside en aquello que nos tomamos demasiado en serio. Era, en fin, uno de esos bienaventurados que consideran las cosas con calma y filosofía en el mismo orden en que van llegando.

Y en un despliegue de ese espíritu sosegado, exhibiendo una sonrisa algo sardónica (la sonrisa de una momia, no se le pidan peras al olmo), fue que se apareció, en una tarde de perreta[22], portador de un regalo especial para Lavinia. «Para que mi chiquitica no llore más», le dijo mientras ella deshacía el paquete y encontraba un amasijo de tejido orgánico, deshilachado y violáceo en algunas partes,

22 *Perreta*: Voz cubana que significa discurso aburrido por lo repetitivo. (Comúnmente se les aplica a los ataques de histeria bien estridentes y aparatosos. ELP).

una bola blanquecina y como reventada por dentro, con repelentes venitas azules, cubierta de protuberancias, diminutos chichones, granos y algún que otro pelillo, estrangulada por algo que parecía intestino o tripa y provista, además, de un ojo (¿humano o repetimos la toma del perro andaluz?)[23] de mirada extraviada, todo el conjunto sumergido en formol dentro de un recipiente cilíndrico, de vidrio, con la tapa asegurada, unos diez centímetros de diámetro y altura similar.

Absorta en la contemplación de tan maravilloso ente, Lavinia de inmediato dejó de llorar. Le dio un par de vueltas al pomo para encontrar el mejor ángulo justo donde el ojo «miraba» de frente, se creería que casi a punto de hacer un guiño. Entusiasmada, la chiquitica se abalanzó sobre su Momia (generosa, sofisticada, original) para besar los labios hundidos. Palmoteó encantada como la niña que había sido, o mejor aún, como un pingüino que recibiera en la mañana de Antártida su pescado fresco.

Lisandro, según su costumbre, miraba hacia otro lado...

Tras una semana de vómitos y revoltura y otra de convalescencia psiquiátrica, el hombre del aparato regresó. Quizás para confirmar el grado de verosimilitud (por no decir realidad) de lo ocurrido, que sin lugar a dudas tenía todos los rasgos de una borrachera delirante con los efluvios del cementerio. La flaca estaba mala e inmunda, cierto, pero de todos modos era una persona. Humana y terrícola, sapiens. Más todavía, era una mujer. *No podía* haber hecho aquello.

O quién sabe si volvió en defensa de sus principios. La flaca era libre de besar a quién más le gustara, no procedía cuestionarle su estrafalaria preferencia (era hombre de aparato, no consejero matrimonial), pero él tenía que hacer su trabajo. No para otra cosa lo habían colocado en el mundo. La obligación, el deber, la ética. Las sagradas normas profesionales. Nunca nadie se le había resistido y no sería ésta la primera vez. Ningún beso lo detendría: no iban a salir de él así como así. ¡Ni pensarlo! ¿Qué se andaban creyendo? Al final era él, exorcista, ángel exterminador,[24] quien cumplía una misión en nombre de Dios.

23 *Un Chien andalou* (El perro andaluz), filme producido por Luis Buñuel y Salvador Dalí, es un corto del cine surrealista de los años veinte. Hay una famosa escena en la que le cortan el ojo a una mujer con una navaja. (No hay trucaje. Es real. Se lo hicieron a un burro, creo. Tremendo abuso. ELP).

24 *El ángel exterminador* (1962), película surrealista dirigida por Luis Buñuel. (Los exterminadores estatales de bichos, en la Cuba actual, nada tienen de ángeles. Joden muchísimo con sus aparatos apestosos, ruidosos e inútiles. La gente de mi barrio ya los odia más que a los propios bichos. ELP).

Lavinia lo recibió, curiosa y negativa, ese día y todos los otros que siguieron. Cada visita parecía ser la última, pero no. Siempre retornaba. Un pasaje de nuestra historia que se expande interminable como las telenovelas. Lavinia llegó a admirar la persistencia del hombre, la sutileza creciente de sus argumentos –él estudiaba con ahínco la *Retórica* de Aristóteles y el *De oratore* de Cicerón–,[25] su inquebrantable fe. Incluso lo esperaba, sentada en la sala y muy compuesta, como las novias de antaño.

No la convencían, por supuesto, los alegatos acerca de la malignidad de las cucarachas y su abrumadora capacidad reproductiva. Una progresión geométrica o algo así: la vieja leyenda de los escaques de un tablero o las semillas de amapola.

—Si los humanos supieran cuántas existen y cuántas más vienen en camino –afirmaba el hombre enarbolando ciertas estadísticas–, caerían en el embudo negro de un espanto sin nombre. ¡Nunca más lograrían conciliar el sueño!

—Eso no importa, señor –le respondía Lavinia–: aun sin saberlo, casi siempre me cuesta tremendo trabajo, como usted dice, «conciliar el sueño». Pero está bien eso del embudo negro. Si usted quiere, puede seguir hablando. Me encanta oírlo.

Sin dejarse amedrentar, en su charla persuasiva él recurría a cualquier elemento que estuviera a su alcance, ficticio o no, con tal de lograr su propósito. De ahí la alusión a ese cuento de Cortázar que lleva por título «Casa tomada»:[26] los dueños debían retirarse y en este *remake* los espíritus sonámbulos eran hábilmente sustituidos por cucarachas. De ahí también la impresionante lista de enfermedades que pueden transmitir las asquerosas.

En ese último punto hacía el hombre particular hincapié. Sobre todo con las enfermedades más visibles, o sea, las que afectan a la piel

---

25 La *Retórica* del filósofo griego Aristóteles (384 a. C.-322 a. C.) sienta pautas para el uso efectivo del lenguaje para lograr determinados propósitos, como persuadir. *Logos, pathos* y *ethos* se combinan para lograr dicho fin. *De oratore*, del filósofo y político romano Cicerón (106 a. C.-43 a. C.), quien se distinguió como orador, plantea la necesidad de dominar tanto la retórica como la ética del discurso. (El segundo me resulta un tanto cargante. El primero, en cambio, no tiene desperdicio. Puede leerse como si fuera un manual de autoayuda, algo así: «De cómo ganar siempre todas las discusiones y pólemicas, aunque Ud. no tenga la razón». ELP).

26 «Casa tomada», el célebre cuento de Julio Cortázar (1914-1984), en el que una pareja de hermanos se ven desalojados de su propia casa por seres incorpóreos. (En mi casa no hay seres incorpóreos ni cucarachas. Libros sí, por millares. Ocupan la mayor parte del espacio. Me resisto a deshacerme de ellos. Y siguen llegando nuevos libros. Algún día tendré que hacer algo al respecto, o si no... ELP).

y al tejido conjuntivo. La mayoría de ellas apenas estaban relacionadas con las cucarachas, pero en fin, vincular hechos muy distantes entre sí es uno de los principales recursos en la estrategia del buen orador. Ninguno de ellos –la flaca y los dos tipos que se asomaban por detrás de ella, uno por cada lado, para curiosear las ilustraciones en cromo y a todo color que él mostraba: erupciones, purulencias, herpes, costras, ampollas, forúnculos, necrosis... una banda oscura sobre los ojos de cada paciente y algunos primeros planos– era médico. La charlatanería del hombre del aparato y sus funestos presagios se escudaban tras la certeza de que los médicos, puesto que saben un par de cosas, no suelen vivir en condiciones tan poco higiénicas como las que aun de lejos se advertían en la casa a punto de ser tomada.

Sin embargo, nada conseguía. Ni amenazándolos con esa entelequia muchas veces difusa y algo tramposa que se llama Ley, contenida para él en un pliego impreso lleno de cuños y firmas, símbolo de autoridad. La flaca examinaba el pliego durante horas con ayuda de una lupa y el hombre aguardaba de pie en el umbral, con todo el peso del aparato sobre la espalda, viendo a las cucarachas transitar impunes de un lado para otro. Y él allí, de bestia, pensaba, de mulo de carga, sin poder arruinarles el paseo. ¡Hubiera sido tan fácil! ¡Un fuiqui fuiqui espumoso y ya!

Pero nunca lo invitaban a sentarse, ni siquiera a entrar. Su sitio estaba del otro lado, en la frontera. Si le ofrecían café, declinaba cortésmente: una taza de café puede ser también un lugar oscuro, el idóneo para introducir de contrabando el cuerpecillo de una difunta poco agraciada. El hombre del aparato se estremecía con la sospecha, mas no lograba sustraerse a ella. Desde el día del beso desconfiaba por instinto de los sórdidos habitantes de aquella casa. ¿No querrían atraerlo a su cofradía? En sus extrañas actitudes podía haber tanto de provocación como de proselitismo. Para quien se relaciona de una forma tan morbosa con los insectos resulta inevitable dejar en el camino algunos pilares de su propia humanidad, pensaba grandilocuente, moderno y enciclopedista.

El mayor de los tipos apoyaba en todo las decisiones de la flaca, quien parecía ser la persona más conspicua de aquella familia necropolitana y empecinada. Las decisiones de la flaca, a veces lánguidas o dictadas por el cansancio y hasta el aburrimiento –como el devolver el pliego e informar que no le importaba nada si le imponían una multa: la pagaba y ya–, a menudo se reducían a una sola palabra: no. Diminuta y molesta como un grano de arena dentro de un zapato: no. Endemoniada, *nonsense*, casi ritual: no. Ene o. No, no y no. El menor de los tipos, un muchacho, entornaba los ojos y permanecía en silencio.

Así un día y otro y otro más...

—¿Y eso qué cosa es? –preguntó Lisandro al tiempo que señalaba el recipiente sobre la mesita de noche.

Era la hora quieta y recelosa en que la Momia no estaba presente y el muchacho, no sin la rigidez propia de la inseguridad (la misma que preside los actos ilegítimos de quien todavía no accede al cinismo en su forma más acabada), aprovechaba para acercarse a su hermana. También envarada como si se hubiera tragado una escoba, ella lo alentaba en medio de una atmósfera bastante opresiva por el hecho de permanecer juntos y a solas en una misma habitación, a pocos pasos el uno de la otra. Entre ambos simulaban la trivialidad, lo cordial, el aquí no ha pasado nada y ni aun así lograban salvarse de su vicioso malentendido de garza y grulla, de su desencuentro. No les gustaba la situación, por supuesto. Pero los dos, cada uno por sus razones –parciales e incompletas; susceptibles, sin embargo, de articularse entre sí como piezas de un solo engranaje para edificar toda la Razón–, suponían o creían suponer que no les quedaba otra alternativa. Ni contigo ni sin ti, amarga paradoja común a tantos personajes encadenados a un mismo drama, cómplices de un mismo delito. Con tanta agitación en sordina parecían un par de moscas atrapadas en una telaraña, marionetas dirigidas por un dios loco.

—No tengo idea –dijo Lavinia–. Pero se ve bien, ¿verdad?

—Si tú lo dices... –Lisandro se esforzaba en conceder, pues, por algún desconcertante motivo, aquel artefacto lo ponía nervioso.

—Sí, chico, se ve bien –insistió ella con ansiedad–. Sobre todo el ojo, fíjate. Te mira como si estuviera cansado. ¡No digo yo! ¡Siempre abierto! No tiene párpado...

—¿De dónde lo sacaste?

—Me lo dio él... –Lavinia suspiró, observó por unos instantes la cucaracha aposentada en el hombro de Lisandro como la cotorra de un marinero y se apresuró en añadir–: Pero eso no tiene importancia. Te juro que no la tiene. Si lo quieres, te lo doy a ti...

—¿Y de dónde lo sacó él? –Lisandro se engañaba creyendo que una explicación racional funcionaría como antídoto contra la creciente inquietud.

—No sé. Del hospital, creo.

—¿Del hospital? ¡¡¡Pero entonces es HUMANO!!!

—¿Y qué tú pensabas? –como antes, entre las tumbas, Lavinia no podía reprimir su vocación de maleficio.

—¡Es humano! ¡Es humano! ¡Es...

—No tienes que repetirlo tanto. Quien te oye piensa que nunca habías visto algo humano. ¿Es que ahora te volviste extraterrestre o qué? –Lavinia sonrió–. Ya te dije que si lo quieres te lo puedes llevar. Es tuyo.

—Yo creía que... es decir, yo... tú sabes...

De repente, el muchacho se sintió espiado. Dio un respingo, tragó saliva y su mirada cayó de lleno sobre el recipiente. Sobre el mejor ángulo, el predilecto de Lavinia. Sí que miraba el ojo, pero no lucía cansado a pesar de las manchas en la esclerótica. Por el contrario, parecía incansable. Quizás inquisitivo. O burlón. Penetrante. El iris era castaño y la pupila reducida, apuntadora. Lista para atrapar los secretos y las confesiones inéditas que reptaran como lombricitas por los planos y las profundidades de su campo visual. ¿Cómo podía observar con tanta fijeza un ojo muerto, empotrado en aquel despojo nauseabundo? Un escozor, un pica-pica por todo el cuerpo. Una sensación fría, metálica, despiadada. Lisandro derribó de un manotón a la cucaracha instalada en su hombro y la muy fatal fue a caer dentro de la taza con café que sostenía Lavinia.

—¡Vaya! ¡Esto se está volviendo una costumbre! –exclamó ella mientras la pescaba por una pata, la lanzaba contra la pared y se tomaba el café de un sorbo, no fuera a ser que le cayera otra–. Mira, chico, no me jodas. Agarra eso y llévatelo de una vez.

Por unos instantes se hizo un blanco en la mente del muchacho. ¿Cómo explicar que aquello lo asustaba, que no lo atraía, sino todo lo contrario? ¿Qué no quería de ninguna manera ser examinado, que sus pequeñas maldades eran suyas y de nadie más? ¿Cómo no pensar que el *sum quod eris* podría referirse también al amasijo en formol, al ojo insomne devenido objetor de conciencia? ¿Frente a Lavinia? ¿Frente a la Momia, que ya introducía la llave en la cerradura? ¡Nunca! ¡Nunca jamás! Hay personas que se exigen respuestas mucho más allá de sus capacidades reales, personas que destrozan sus nervios en contiendas prescindibles contra sí mismas sin saber muy bien por qué. El moralista que no soy diría que están pagando por algo, crimen y castigo.[27] Pues bien, Lisandro era una de esas personas.

Así pues, para continuar la historia no tengo más remedio que citar mis propias palabras de hace un rato (ver p. 14): *Con gran entusiasmo –y terror inconfesado– el hermanito se encogía de hombros. Sólo una circunstancia como esa, tan amenazadora, conseguía extraerlo de su habitual y excesiva reserva. Entre otras muecas despectivas y obscenas de hombre valiente, casi temerario, le enseñaba su larguísima lengua, parecida a la del diablejo que tentaba a Simón el Estilita, al* prisionero del recipiente antes de cargarlo y correr con él en dirección a su cuarto perseguido por el eco de las palabras de Lavinia:

—¡Ah, se me olvidaba! No lo botes. No se puede botar cosas así, no se puede. Si lo botas, regresa... es preferible dárselo a alguien...

Ocupado en su propia hazaña y en evitar que el corazón se le saliera del pecho, Lisandro, as de ases, no escuchó el breve diálogo que se suscitó a continuación entre su hermana y la Momia recién llegada: «¿Estás molesto» «No, claro que no. ¿Cuándo en esta vida tú me has visto molesto?» «¡Ah! Tú porque lo entiendes todo y él porque no entiende nada, un día de estos me voy a aburrir de los dos...» «No lo entiendo todo, mi chiquitica, no creas. Por ejemplo, no entiendo por qué le dijiste eso de que si lo botaba iba a regresar. ¿Qué es eso?» «Eso es patraña, bobo, pura imaginación. Lisandro es destructivo, yo sé, acaba con las cosas que le gustan y yo quisiera que al menos conservara tu regalo. Después de todo no va a tener a quién dárselo: él no conoce a nadie. Sólo a ti o a mí, ¿bien?» «Bien, no hay lío. ¿Sabes una cosa, mi chiquitica? Me encanta cuando dices eso de «yo quisiera...».

---

27 *Prestuplenie i nakazanie* (Crimen y castigo) novela del escritor ruso Fiodor Mijailovich Dostoievski (1821-1881). Constituye una meditación acerca de la psicología humana en relación con principios éticos. (Jamás supe de un asesino que se machacara tanto a sí mismo por causa de sus crímenes como el protagonista, Rodia Raskólnikov. De veras me conmueve. ELP).

¿Por casualidad no quisieras algo más?»

Y fue ahí cuando Lisandro paró la oreja, después de colocar al cíclope en un rincón. ¡Ojalá no lo hubiese hecho! Lavinia se reía como una profesional del escarnio y empezaba a decirle entre susurros a la Momia todo lo que deseaba en ese momento (casi lo mismo que Lisandro había estado deseando en vano desde hacía varios meses), nombrando partes del cuerpo y acciones relacionadas con esas partes del cuerpo de la manera más vulgar y excitante que se pueda concebir.

El muchacho, como cualquier otro solitario en su lugar y en plena posesión, como se dice, de sus facultades mentales, hubiera escuchado tranquilo un rato más hasta el erizamiento, las oleadas que lo alzaban del suelo y el prepucio húmedo. Hubiera buscado un viejo cartucho debajo de la colchoneta y, tras capturar cuatro o cinco cucarachas, las hubiera encerrado en su interior a pesar de las contorsiones y el cri cri con que ellas expresaban su desacuerdo. El oído siempre atento a los sucesos del otro lado de la pared carcomida, con una sola mano se hubiera desabotonado para liberar lo que ya pugnaba por ser liberado y lo hubiera introducido también en el cartucho. No se tocaba apenas, pues lo fascinante era sentir hasta el final la inconformidad de los bichos que como siempre lo caminaban, lo emporcaban, lo roían. Un placer lento, minucioso, el azar concurrente de cuatro o cinco trayectorias en zigzag y desesperadas por el aire que se extinguía: el rito.

Así hubiera sido (tales eran sus intenciones) sin la presencia del malvado cíclope que lo miraba desde su rincón, sí, que lo miraba y lo condenaba sin rastros de la bonhomía última que podemos hallar en el *doppelgänger*.[28] Un erizamiento de otra índole se apoderó de él, algo semejante a un dedo incorpóreo que señala a su víctima con toda la insistencia –la maldad, la furia– de los fantasmas vengadores de Akinari[29] o Sheridan Le Fanu.[30] Historias para leer de día. Otra vez el escozor, el pica-pica por todo el cuerpo. La sensación fría, metálica, despiadada. Lisandro sintió que se ahogaba, que todo a su alrededor

---

28 Palabra alemana, sinónimo de doble o alter ego.

29 Ueda Akinari (1734-1809), escritor japonés, autor de una colección de relatos titulada *Ugetsu monogotari* (Cuentos de lluvia y de luna). Su ficción contiene elementos sobrenaturales. (Anterior a la Reforma Meiji, o sea, japonés como quien dice en «estado puro», sin niguna influencia occidental. Sin embargo, lo siento tan próximo, con una sensibilidad tan afín a la mía... ELP).

30 Joseph Thomas Sheridan Le Fanu (1814-1873), escritor irlandés, autor de cuentos góticos y novelas de misterio. (¡Uuuuuh! Escalofriante. Pesadillas garantizadas. ELP).

se teñía de negro en una anámnesis desmesurada y repentina que se presentaba en torbellino con los rostros corrompidos, los gritos que pedían auxilio, las siluetas colgantes... de mamá y papá.

Su noche fue muy larga.

—No te pongas así. Deja ver.

El hombre del aparato sostuvo el recipiente con sumo cuidado. Era la segunda cosa más repulsiva que veía en su vida, al menos tan de cerca. En los últimos tiempos había aprendido que el supremo asco, el que provoca arqueadas, estremece, da escalofríos, eriza los pelos desde la raíz y por momentos se confunde con el miedo, no proviene de los objetos en sí mismos, sino de lo que el ser humano hace con ellos. De la función y hasta la forma que les otorga. En última instancia el supremo asco se refiere a ciertas zonas del ser humano que quienes arrugan la nariz se resisten a descubrir en sí mismos, puro reflejo.

¿A quién, por ejemplo, se le habría ocurrido la idea de conservar *aquello* en formol, de rescatarlo de su natural desintegración? ¿Quién lo había tenido directamente entre las manos? ¿Un biólogo, un taxidermista, un loco? Cualquiera, pero en todo caso se trataba de la obra de un semejante. El muchacho-anciano los miraba (a la casa con ojo y a su nuevo guardián, destellos, fluorescencias de un lado a otro) entre ansioso y desde ya agradecido.

El contenido del recipiente era impreciso, sí. Vagamente parecido a algo que el hombre del aparato había visto meses atrás en el cortometraje de suspenso de los miércoles en TV, su programa favorito desde el confortable sofá en la confortable sala de su confortable y bien descucarachado apartamento. ¿Una de Orson Welles, tan imaginativo?[31] ¿O de Hitchcock?[32] ¿O de algún imitador? No recordaba y tampoco le interesaba recordar.

El contenido del recipiente—no se atravía a llamarlo de otra

---

31 Orson Welles (1915-1985), director, actor y escritor norteamericano, muy conocido por las películas *Citizen Kane* (El ciudadano Kane) y *The Magnificent Ambersons* (Los magníficos Amberson). (También son magníficos sus cortos de suspenso para la tele, al igual que su voz de bajo profundo. ELP).

32 Alfred Hitchcock (1899-1980), realizador y productor británico, dirigió más de cincuenta películas, entre ellas *Vertigo* (Vértigo), *The Man who Knew Too Much* (El hombre que sabía demasiado), *Psycho* (Psicosis) y *Rear Window* (La ventana indiscreta). Se distinguió por las películas de suspenso. (Sin olvidar sus cortos de temas similares para la tele. No era ningún mojigato cabeza de huevo como algunos creen. En cuanto pudo mostrar sexo y violencia en forma explícita, lo hizo. Y muy bien. ELP).

manera, aun a riesgo de incurrir en pecado de lesa monotonía discursiva y pobreza de lenguaje—era lo que se dice abyecto. ¡Qué gente los del fondo del cementerio! Pero también era un rayo de luz en el camino de su frustrado aparato, era la esperanza de entrar alguna vez en aquella «tiendecita de los horrores»[33] para repartir veneno a diestra y siniestra. Total, bien podía llevárselo, botarlo en el primer latón de basura y listo. Si con eso se tranquilizaba el desajustado tembloroso que tenía en frente... Si intercedía a su favor ante la flaca...

No podía decirle al muchacho-anciano, pues no lo sabía, que la materia muerta del recipiente era tan peligrosa como una abstracción lírica del jinete azul[34] o un desorden surrealista de la década siguiente, que el ojo miraba (por fijo agonizante en las pupilas del artista anónimo), pero no veía sus secretos y mucho menos era capaz de hablar o castigar, que la Momia lo había llevado con mucho amor porque le parecía lindo e incomprensible, en modo alguno terrorífico, y era justamente un regalo de bodas, algo muy valioso para Lavinia, quien a su vez se lo había obsequiado a él, a Lisandro, para decirle en su estilo macabro y sutil en demasía, el mismo de las cartas, las postales y las hojas disecadas de la infancia, las caricias, los desgarrones y el placer del recibimiento más prohibido, que todavía lo amaba, como a nadie. Que él era, para ella, lo más importante en el mundo.

---

33 *The Little Shop of Horrors* (La tiendecita de los horrores), un musical de Alan Menken y Howard Ashman, se inspiró en el filme homónimo de Roger Corman, de 1960. En 1986, el director norteamericano Frank Oz llevaría a la pantalla grande una adaptación del musical, también con el mismo nombre. (Esta última la vi en su momento en el cine de la esquina de mi casa y me desilusionó mucho, recuerdo, ya que no es nada terrorífica. ¡Vaya título engañoso! ELP).

34 El jinete azul o Der Blaue Reiter, movimiento alemán de la primera mitad de la década de 1910, fue fundamental para el desarrollo del expresionismo. El pintor Wassily Kandinsky jugó un papel importante en dicho movimiento. El surrealismo, movimiento cultural que se desarrolló en Francia a principios de la década de 1920, fue practicado por Salvador Dalí y Marcel Duchamp, entre muchos otros. (He visto creaciones de toda esta gente en el MoMA, en Nueva York, y en el Centro Pompidou, en París. Confieso que algunas me parecen de lo más estrambóticas, pero nunca al extremo de meter miedo. ELP).

Un loco dentro del baño

Chantal estaba aún escondida detrás de la columna cuando la mujer pasó por su lado casi corriendo y con una cara de pánico tan tremenda que parecía una fugitiva del infierno.

Hacía más de cuatro horas que Chantal vigilaba desde la oscuridad todos los movimientos de Danilo, los pasos, las inflexiones, los cigarros. La sombra de mediana estatura, más bien angulosa, que proyectaba Danilo sobre las paredes. Por momentos aquella sombra se deformaba hasta adquirir una configuración vagamente expresionista, como de torre inclinada, ventana en forma de trapecio o escenografía de un antiguo filme alemán. De vez en cuando Chantal se le acercaba temeraria con tal de escuchar aunque fuera algún rastrojo de sus palabras. Las palabras de una sombra. En ese mismo instante, por ejemplo, ¿qué le estaría susurrando Danilo al adefesio de la puerta?

De esa manera subrepticia, como jugando al gato y el ratón, a la planta carnívora y el insecto, al agente secreto por los corredores de Langley[1] o a través del laberinto de Londres, Chantal se había movido desde el fondo de un aula polvorienta, con el piso cubierto de pedazos de techo (porque lo de arriba es isomorfo con lo de abajo, según Danilo, a sus horas esotérico), boronilla[2] y un montón de muebles viejísimos y apiñados que conformaban un conjunto bastante estratégico

1 Ciudad en el estado de Virginia, Estados Unidos, donde se encuentra ubicada la sede de la Agencia Central de Inteligencia (CIA). (Recuerdo a Tom Cruise y a Jean Reno pasando más trabajo que un forro de catre para robarse no sé cuál información ultrasecreta que había allí. El timbre de mi celular es el tema de Lalo Schifrin para *Mission: Impossible*, arreglado por Danny Elfman. ELP).

2 *Boronilla*: Voz cubana que significa partícula minúscula de algo, especialmente de sustancia comestible. (Cuando cae del techo son pedacitos de cal o arena, sustancias comestibles para los comejenes cubanos de nueva generación, que la emprenden vorazmente con la mampostería de los edificios, una vez que han terminado de zamparse el maderamen. Al que no crea que esto es posible, lo invito a darse una vueltecita por Centro Habana, uno de los municipios más destartalados de nuestra capital. ELP).

si de ocultarse se trataba, hasta la esquina peor iluminada de la biblioteca, dos niveles más abajo y desierta como el aula y como toda la escuela por aquellas horas. Largo rato había permanecido en aquel lugarcito recóndito desde donde podía observar más o menos cómoda (a Chantal le encantaba agacharse) la silueta imprecisa de Danilo, inmerso como un escolástico en la lectura silabeada de unos libracos desgastados que parecían volverse arena entre sus dedos finos.

El perfil de un joven que dejaba caer sus ojos más que ávidos sobre nadie sabe qué delirios –un día fue *Monsieur Nicolás,* de Restif de la Bretonne,[3] otro día *Julieta, la prosperidad del vicio*, del marqués de Sade,[4] y Danilo también descubría un álbum con reproducciones en sepia de la pintura galante[5] hasta parecer casi interesado en ciertos hombres y cierta época, pero casi enseguida fue una colección de epopeyas antiguas, sumerias o algo por el estilo, y ya Chantal no supo qué pensar del asunto– se le había vuelto irresistible. Algo parecido a un imán que lanzaba unos contra otros los cuerpos de signos contrarios, que se le imponía a pesar de sí misma, que la obligaba a vigilar, a dejar a un lado los virtuales escrúpulos en nombre del acoso.

La mirada de Danilo viajaba interminable, soñadora como si recompusiera el mundo, de las letras a un espacio posiblemente también lleno de letras. Fruncía el entrecejo y dejaba escapar un lánguido ¡Ahh! Tomaba notas en el aire. Encendía un cigarro al parecer inmune a la interdicción que pesaba sobre los fumadores en aquel santuario donde regía el papel y el consiguiente temor a la ecpirosis[6]. El humo formaba hacia lo alto una figurita esbelta y azul, también provista de ojos. Danilo se pasaba los dedos por la frente como para alejar un rizo escapado de la cola o alguna idea demasiado práctica, demasiado constructiva y vulgar. Entonces ella se estremecía y allí, aga-

---

3 *Monsieur Nicolas* son las memorias putativas del escritor francés Nicolas Restif de la Bretonne (1734-1806). En toda su obra es difícil saber dónde termina la autobiografía y dónde empieza la ficción. (Para mí que era un poquitico alardoso. ELP).

4 *Histoire de Juliette, ou les Prospérités du vice* (Julieta, la prosperidad del vicio) es una de las obras del marqués de Sade (1740-1814), escritor francés conocido por sus novelas eróticas en las que se destaca la violencia sexual. (Lo que más me gusta de Sade es que nunca se pregunta por qué la gente es como es y hace lo que hace, sino que describe sus manías y punto. Esa inocencia la perdimos por culpa de un tal Freud. ELP).

5 Arte pictórico del siglo XVIII francés, también llamado rococó. (A sus practicantes se les denomina «los pequeños maestros». Pero yo creo que pintaban bastante bien. Pensando en ellos, me sentiría muy halagada si alguien me llamara «la pequeña escritora». ELP)

6 Término filosófico empleado por los estoicos para referirse a la conflagración o la consunción por medio del fuego. (Enemigo número uno de las bibliotecas, aparte de los ladrones, las polillas que se comen los libros y el comején que se come los anaqueles. ELP).

chada, pensaba que no podía haber nada más excitante que atisbar en secreto las divagaciones de un joven aprendiz que se creía a salvo de los intrusos. Nada tan delicioso como violar impunemente la inefable soledad del lector.

El bibliotecario aparecía en silencio por alguna otra esquina con los brazos llenos de libros: un diccionario crítico-etimológico en cuatro tomos enormes y llenos de locuras[7], un atlas del tiempo en que la Tierra era plana y el Sol giraba a su alrededor, un volumen completo de los *Scholia Græca* sobre el Aristófanes de Didot et Sociis[8] y otras rarezas que se empeñaba en proteger aunque ya casi nadie tuviera interés en los selectos placeres que podían deparar. Seguramente costaban mucho dinero y eran presa codiciada por los coleccionistas de mamotretos arcaicos y otros especímenes de la fauna letrada. Con sólo llevarlos en brazos como si fuesen niños enfermos y muy pequeños, «duérmanse *Scholia*, duérmanse ya, que viene el coco y se los comerá», uno adquiría de inmediato la estampa del supererudito medieval.

Con una rigidez monástica donde hasta la calva lustrosa semejaba una tonsura, el bibliotecario miraba con el rabillo del ojo a Danilo entre penumbras y embeleso y mascullaba algo así como «sigue, sigue, mi querido Fausto»[9], sigue, que te vas a joder la vista». Luego volvía a perderse por la misma esquina, todo el tiempo abrazado a sus criaturas, y Chantal lo imaginaba deambulando como un fantasma de los siglos oscuros por esos corredores tapizados de anaqueles donde, días atrás, alguien se robara el único ventilador de la escuela, desdichado incidente que por poco le cuesta el empleo al adefesio de la puerta. Ella suponía que el bibliotecario no debía querer mucho a Danilo, pues el joven de la cola rizada, con su mala maña de leer más que nadie, siempre lo obligaba a quedarse hasta última hora. Incluso en aquello de «mi querido Fausto» había tanto de afecto como de ironía

---

7 Referencia al *Diccionario crítico etomológico castellano e hispánico* de Joan Corominas (1905-1997), obra monumental de la filología. Comprende seis, no cuatro volúmenes, publicados entre 1991 y 1997. (Yo creía, al principio, que este era un diccionario como otro cualquiera y, sin tomarme la molestia de leer el prefacio, me dispuse alegremente a buscar palabras por orden alfabético. No hallaba ninguna, claro. Y me ofendí. Pensé que Corominas estaba loco. Verdad que la incultura mata a los pueblos. ELP).

8 Se refiere a las glosas de las comedias de Aristófanes, dramaturgo griego que nació y murió en Atenas, obras publicadas por Didot et Sociis. (Sólo están en latín y en griego. Cada vez que las pedía, a mediados de 1997, en la Biblioteca Central de la UH, me miraban como si yo fuera una psicópata. ELP).

9 Protagonista de una leyenda germánica, Fausto hizo un pacto con el diablo a cambio del saber. (También yo lo hubiera hecho, pues me priva enterarme de cosas. Lo malo es que el diablo no existe. ELP).

y para ella el único amor aceptable era el amor romántico, incondicional, sin burlas ni parodias, operático y eterno como el suyo.

Entre las brumas, Chantal le adivinaba al bibliotecario una mueca torcida, similar a un maquillaje fúnebre: la tez muy pálida, espectral, los ojos hundidos y la boca una línea recta, dura. Una calavera. A plena luz el sujeto lucía como un feo corriente, nada diabólico, de esos que andan por ahí por la calle sin espantar a nadie y hasta con una mujer bonita colgada del brazo, pero no así cuando se acercaba a Danilo, bien entrada la tarde, para acabar de expulsarlo de sus dominios. «A ver, ilustre jovencito, si vamos recogiendo, que todavía falta mucho por hacer en esta vida», decía y entonces le crecían los colmillos, un par de cuernos, y sus manos parecían garras. Suena raro, pero parecía querer decir otra cosa.

Mientras el abusivo lector remoloneaba todavía un rato más, Chantal se tocaba el pecho (también le encantaba la taquicardia) en el vórtice mismo de su espionaje: estaba obligada a escapar *después* que Danilo y *antes* que el bibliotecario, sin ser vista, desde luego, por ninguno de los dos. Era el momento de mayor peligro. Era emocionante como un *thriller*. La horrorizaba la mera posibilidad de quedar encerrada toda la noche en aquel sitio umbroso, sofocante, con olor a moho y baba de cucaracha, como quien dice bajo tierra, en el interior de un milenario sarcófago o en una mazmorra de la Inquisición con pozo y péndulo y todo[10]. Una tremebunda experiencia, pensaba y se le ponía la carne de gallina, sudaba frío y le entraban ganas de hacer caca. En última instancia cualquier angustia, cualquier ahogo, la picada, en fin, de cualquier bicho provisto de tenazas –el bibliotecario podía acusarla del robo del ventilador y ella, si bien conocía al verdadero culpable, no quería delatarlo porque ella no era soplona–, era preferible a ser descubierta por Danilo con las manos en la masa. Es decir, con los ojos en la masa.

¿Cómo se lo tomaría él? Quizás preguntaría «¿Qué clase de envolvencia es ésta?» o «¿Qué te traes conmigo, chiquita?» A lo mejor trataba de acostarse con ella: Chantal tenía cara de virgen perversa, mariposa fatua de esas con las que no vale ningún exorcismo que no

10 Alusión al cuento de Edgar Allan Poe «The Pit and the Pendulum» (El pozo y el péndulo), publicado por primera vez en 1843. Su narrador es condenado por la Inquisición a morir en un calabozo del que pende una guadaña. El terror que siente el narrador invade cada línea. (Fue el primer cuento de Poe que leí en mi vida. Yo tenía doce años cuando eso y me quedé muy impresionada con las peripecias del pobre infeliz atrapado por el Santo Oficio de Toledo. Hasta pesadillas tuve. ELP).

sea una penetración brutal y desgarradora. A lo mejor trataba de pegarle. A lo mejor ambas cosas. ¡Qué abusador! ¿Y si le daba por reventarle los ojos, como hacía el personajote ese de Apollinaire después de cada desfloración?[11] Metía las uñas hasta el fondo de la sustancia blanda y, sordo para los aullidos de dolor, lo revolvía todo por allá dentro. Era otra manera de penetrar, el aniquilamiento definitivo de los últimos reductos virginales. *Voyeur* al fin, ella temía por sus ojos, tan indiscretos, tan atrevidos, tan culpables. Sus pesadillas estaban pobladas de cuencas vacías y ensangrentadas, de colgajos nauseabundos, siempre dispuestos a crujir, a embarrarlo todo.

¿Y si le daba por el lado Gilles?[12] Sí, ese mismo, el otro monstruo, el compinche de Juana de Arco tan amado por sus vasallos. Todo hombre tiene su lado Gilles, basta con descubrírselo. Uno presiona el botón adecuado y ya, la Bestia se desencadena, pensaba Chantal que, como vemos, para inspirarse leía a veces los mismos libros que Danilo. La escuela casi desierta y la noche resultaban circunstancias bastante propicias para el degüello de los inocentes, cómo no. Ella se encogía en su ángulo como si quisiera transformarse en araña y diluirse entre los otros animalejos de la biblioteca, como alguien que se aferra con todas sus fuerzas al anonimato. Se desabrochaba la blusa y los pequeños senos con los pezones erectos hincaban una oscuridad cada vez más espesa. Danilo ya recogía los libros y Chantal se regodeaba entre el miedo y el deseo. ¿Qué hubiera sido de la persecución secreta sin ese anulador y a la vez vivificante pánico a ser descubierta?

Pero a Danilo, quizás propenso a magnificar, a volcarse sobre el malentendido, también podía darle por la paranoia política, por un incierto temor a las cosas de brujos paleros[13] o por otro cualquiera entre los innumerables lugares comunes que empiezan con un estridente «me persiguen». Mejor evitar el encuentro. Ellos apenas habían

---

11 Guillaume Apollinaire (1880-1918), escritor francés surrealista, autor de varios poemarios, del drama *Les Mamelles de Tiresias* (Las tetas de Tiresias), puesta en escena en 1917, y de la novela erótica *Les onze mille verges ou les amours d'un hospodar* (Las once mil vergas), publicada en 1907, entre otras obras. (No estoy segura, pero sospecho que el personajote de marras NO es de Apollinaire, sino de George Bataille (*Histoire de l'oeil* o Historia del ojo), o del propio Sade (*Les 120 journées de Sodome ou l'école du libertinage* o Las 120 jornadas de Sodoma). Sorry, a veces los maníacos se me confunden unos con otros. ELP).

12 Gilles de Rais (1404-1440) noble francés, compañero de armas de Juana de Arco. Fue acusado de infanticicio y ejecutado. (Uno de los primeros *serial killers* de que se tiene noticia. Violaba y mataba niños, no siempre en ese orden. ELP).

13 *Brujo palero*: oficiante de la religión Palo Congo, de origen bantú, desarrollada por esclavos de África central llevados a Cuba.

intercambiado saludos sin el consabido besito en la cara o al aire –él decía «buenas, ¿qué hay?» y a ella nunca le daba tiempo a responder que no había nada– en una coexistencia diurna más que distante, por lo que Chantal no podía siquiera imaginar (con un ápice de verosimilitud, quiero decir) cómo reaccionaría el muchacho más callado del aula, el más intratable siempre con la cabeza incrustada en un libro, el misterioso, si llegara a encontrarse de repente ante la insólita situación de verse asediado en su retiro por una fierecita ansiosa y medio desnuda. De algo estaba segura: allí mismo hubiera terminado toda la magia de su extraña cacería.

Danilo devolvió los libros al bibliotecario, recogió una mochila de aspecto bastante ripiajango[14] y salió. En la mochila debía tener otros libros y algo de comer, pues cuando no conversaba entre susurros con el adefesio de la puerta, al parecer su único confidente –a menudo compartían un pan con tortilla y el último cigarro–, se le veía leyendo con las piernas cruzadas en uno de los bancos del vestíbulo hasta altas horas de la noche. El bibliotecario, siempre tenebroso y con pinta de vampiro o de cualquier otro ciudadano de ultratumba según Chantal, volvió a esfumarse haciendo mutis por su esquina de siempre para guardar los libros y sacudir un poco. Ella aprovechó el momento para levantarse de un salto y salir de allí lo más rápido posible, sin abrocharse ni nada.

El pasillo era todo sombra, silencio y una ligera ráfaga de viento venida quién sabe de dónde y adecuada para apagar la vela que, por una cuestión de atmósfera, ella debió llevar. Pasos, ecos apenas perceptibles y algunos restos de la deformación expresionista. El aire acarició su piel nerviosa y, en lugar de enfriarla, la erizó un poco más. A lo lejos, la silueta de Danilo.

Algo agitada, Chantal tendría tiempo para ocultarse detrás de la columna antes de que el bibliotecario saliera. Aunque, pensándolo bien, ella *nunca* lo había visto salir. No sólo de la biblioteca, sino tampoco de la escuela. No al menos por la puerta principal, toda cubierta de cristales y con una breve escalinata donde unos cuantos del aula se sentaban por el día para mirar la calle, los árboles, chacharear y escapar de paso al turno de Semiótica o de Historia de la Filosofía. (Por aquel tiempo todos querían escapar de algo.) Quizás hubiese otra puerta, se dijo Chantal, otra puerta menos vistosa al fondo de la pieza

---

14 *Ripiajango*: Coloquialismo cubano que significa andrajoso. (Se aplica a un montón de cosas: lo mismo a una mochila, que a un par de zapatos, que a la prosa de ciertos autores contemporáneos. No mencionaré nombres, por prudencia. ELP).

con los corredores tapizados de anaqueles. El bibliotecario cerraría por dentro como un hechicero su castillo y después... Pero eso no tenía la menor importancia. Las andanzas tardías de aquel zoquete horripilante sólo le interesaban a Chantal en tanto se relacionaran con el mundo de Danilo, tan apetecible, tan sereno, tan desconocido. Apenas salía él de la biblioteca, a ella se le antojaba el local, con toda su sabiduría a cuestas, con todo el rumor impenitente de las voces del pasado, con toda su mitología, de lo más insípido y aburrido. Corría para vigilar al objeto vivo de su feroz curiosidad, quien ya se había instalado, como de costumbre, en el vestíbulo.

¿Por qué no se iba Danilo? Probablemente porque se sentía bien allí. A lo mejor en su casa, en Juanelo, en Lawton o en La Lisa,[15] vivía un montón de gente ruidosa que se la pasaban tomando ron barato y tirando contra la mesa las fichas del dominó, «voy ahí, porque llevo y puedo, el sucio y la que se hinca...», ponían una orquesta de salsa, «deja que Roberto te toque, deja que Roberto te pase la mano...», una cualquiera en el tremendo equipo con la tremenda amplificación, «agúzate, que te están mirando; agáchate, que te están tirando...», a todo meter, o se la pasaban discutiendo de pelota a grito pelado, «¡tú no sabes ni cojones de lo que estás diciendo, asere![16], porque el toque de bola sí estaba indicado con un hombre en posición anotadora y el juego tan cerrado, ¡fíjate!, aunque fuera el tercer bate...» o le decían que no leyera tanto porque, claro, se iba a volver loco y los libros atraen a las cúcaras mácaras[17] o, así de simple, no había luz.

En la tardenoche de la escuela vacía y nunca del todo apagada, en cambio, parecía residir la paz. Era algo así como el templo de la fuga onírica en una zona de hospitales.

Con el porte de una odalisca retirada y víctima de lejanos estropicios, el adefesio se abanicaba con una penca y acariciaba el borde del banco. Ambos, Danilo y él, bebían del mismo frasco algún líquido incomprensible: un cafecito frío, un bebistrajo de hierbas o una medicina contra la tos, nada de alcohol. Aunque mal vestido y con los zapatos

---

15 Barrios de La Habana. (Todos bien lejos del mío, que es el Vedado. ELP)

16 *Asere*: Apelativo de confianza muy usado en Cuba, sobre todo en La Habana. (En la escuela primaria donde estudié estaba terminantemente prohibido que los niños lo empleáramos, pues, según las maestras, la palabrita en cuestión significaba, en la selva africana, «conjunto de monos apestosos». ELP).

17 Forma humorística usada en sustitución del sustantivo «cucaracha», que es palabra tabú en algunos contextos. (Procede de la tonada infantil «Tin marín de dos pingüé / cúcara mácara títere fue». ELP).

rotos, Danilo era muy buen tipo, con algo de árabe o de hindú, mientras que el adefesio era un adefesio en toda la extensión del término. Fluía entre ellos, sin embargo, una corriente de armonía que los enlazaba como cuentas de un mismo collar. Algo inexpresable tenían en común y nadie los escuchó nunca alzar la voz el uno contra el otro.

Escondida detrás de la columna, Chantal contemplaba a menudo aquellas escenas suaves, casi hogareñas como antiguos tapices entre ocre y siena tostado, rosa pálido y oro viejo. Más tarde, agotada aunque insatisfecha, saltaba a la calle por una de las ventanas del pasillo, la cual volvía siempre a quedar cerrada por dentro gracias a un curioso mecanismo que la intrépida mirona jamás logró descifrar. Pero tampoco eso tenía importancia: puertas, columnas, rincones y cerrojos eran para ella un medio y no un fin. Una especie de decorado neogótico con salas embrujadas, túneles soterrados, pasadizos subterráneos y escaleras secretas, tal vez un poco a lo Horace Walpole[18] o Guy de Chantepleure[19], en gran parte creado por su desbordante imaginación para rodear de suspenso la aventura. Cualquier transeúnte nocturno que la hubiese visto brotar al exterior de una manera tan poco convencional, bajo la luz de la luna, para caer en un patio sucio, lleno de yerbajos y podredumbres, hubiera pensado en una aparición inquieta, sí, quizás hasta burlona, pero nada peligrosa. Un silfo, una campanilla de cobre, un alma errante de Brocelianda[20]. Además, no eran muchos los transeúntes nocturnos alrededor de la escuela, pues se corría que la zona, tan abundante en árboles y tan falta de alumbrado público, a ratos se mostraba violenta, escalofriante, infestada de asaltantes y maníacos.

Empapada en sudor, Chantal logró por fin colocarse como toda

---

18 A Horatio Walpole (1717-1797), historiador y escritor británico, se le conoce por la novela, publicada en 1764, *The Castle of Otranto* (El castillo de Otranto) y por Strawberry Hill, la casa de estilo neogótico que construyó en un barrio de Londres. (En dicha casa, contra lo que pudiera esperarse, no había fantasmas ni otros entes terroríficos. Solamente libros, obras de arte y hasta una imprenta. ELP).

19 Guy de Chantepleure (1870-1951), autora de *Le château de la vieillesse* (El castillo de la vejez) y *La Passagère* (La pasajera), entre muchas otras novelas. En realidad, su nombre era Jeanne-Caroline Violet y se le conocía por el que adoptó después de casada, Madame Edgar Dussap. (La descubrí por una versión radial, *Lil de los ojos color del tiempo*, de una de sus novelas. Creo que a mí también me hubiera gustado esconderme tras un pseudónimo masculino, para que las feministas no me dieran la lata con la zarandaja esa de la «escritura femenina». Pero no se me ocurrió a tiempo y ahora ya estoy embarcada. ELP).

20 Bosque ubicado en la Bretaña francesa donde se suelen situar las aventuras del rey Arturo. De acuerdo con la leyenda, allí se encuentra el Valle sin Retorno, donde se pierden todos los que se aventuran a atravesarlo. (En La Habana tenemos ciertos barrios donde suele ocurrir más o menos lo mismo. ELP).

una vigía detrás de la columna que por gruesa era ampliamente capaz de proteger su cuerpo de otros ojos y de otras intenciones. Se quitó la blusa del todo, secándose con ella dentro de lo posible, pues también la blusa estaba empapada. Buscó a su alrededor el bolso, donde guardaba un pulóver negro, más adecuado para las intrigas nocturnas por su tendencia mimética. Mas advirtió con hastío que, como de costumbre, el bolso se le había quedado en la biblioteca y ya no le alcanzaba el tiempo para recobrarlo. Para eso tendría que esperar a la mañana siguiente, bien temprano tras otra noche vertiginosa, y de momento permanecer como estaba, pues si una centinela semidesnuda, versión urbana de las sirenas y las arpías, era un ser altamente sospechoso, para una centinela estrujada y sucia no había nombre. Nadie se le acercaría entre lágrimas y suspiros para preguntarle eh, tú, centinela, ¿qué sabes de la noche?[21]

Entretanto Danilo, con el gesto sublime de quien invita a los dioses, le ofrecía al adefesio algo que de lejos parecía un plátano. El muchacho, por esta y otras acciones en esencia similares –también acariciaba con veneración las mejillas del adefesio, besaba sus manos y se metía uno de sus dedos en la boca para chuparlo a más y mejor como si se tratara de un pirulí–, volvía a ser el héroe de Chantal, el protagonista indiscutible de esta historia, el más loco de todos nuestros locos. El adefesio, divinidad desconfiada, no hacía caso de los baboseos de Danilo y olisqueaba un poco antes de agarrar el presente con una patica escuálida. Algo de encantamiento había en aquello y Chantal se olvidó de sus molestias recientes para dedicar toda su atención a la extravagante pareja.

Lo suyo debía ser una malformación congénita, pensaba ella interpretando al adefesio. Un síndrome de Down combinado con otros sufrimientos, quizás un accidente en el momento del parto o una madre sifilítica. Tal vez el producto de un romance incestuoso en la región más prohibida de la consanguinidad, una onda digamos faraónica. En todo caso, alguien era culpable de aquel engendro más que parecido a los ángeles del Sidario[22], aladas personitas andróginas y

---

21 El cuarto capítulo de la novela *Nightwood* (El bosque de la noche), de Djuna Barnes, se titula «Watchman, What of the Night?» (Eh, tú, centinela, ¿qué sabes de la noche?). (Hace alrededor de una década que soy noctámbula. No es que ande deambulando por ahí de madrugada, sino que trabajo de noche. Así que la noche me interesa enormemente. De todas las reflexiones que he leído sobre el tema, esta es, sin duda, la más bella. ELP).

22 *Sidario*: referente al SIDA (Síndrome de inmuno-deficiencia adquirida).

siempre maltratadas con que algunos artistas de militancia *gay* y enfermos de SIDA echan en cara a la Iglesia Católica su secular hipocresía y su falta de amor. Aquella transparencia endeble (los dedos de Danilo dejaban ligeras marcas en su piel) y coronada por una pelusa naranja como la de uno de los Muppets[23], aquel cuello membranoso con textura de hoja de col o de algo no demasiado terrícola, aquel remedo de voz, hecha como de lamentos y letanías y más aguda que la de una niña, aquel envejecimiento prematuro y fláccido en una cara de chimpancé y un cuerpo lleno de verrugas pardas o rojizas, le inspiraban a Chantal, como a todo el mundo, algo entre lástima y repulsión. No era preciso mirarlo muy seguido: uno corría el riesgo de quedar de pronto involucrado entre los pétalos de una culpa insalubre. Chantal había comenzado a fijarse en él, a descubrirlo y hacerse preguntas, sólo a partir de su sorprendente afinidad con Danilo.

El adefesio sin duda era buena persona: parqueaba carros, los fregaba y les cambiaba las gomas, cuidaba bicicletas y cuanto objeto dejaran a su cargo –lo del ventilador había sido un *lapsus* o una pequeña delincuencia en contubernio con su amigo–, traía cigarros y aspirinas, evanol[24] para las muchachas, ayudaba a la gente con bultos de fin de semana, hacía mandados, expulsaba todos los días al cachorro con aspecto de diablito que acostumbraba colarse en la oficina del decano, azoraba al búho que contra toda ley había instalado su morada en el tercer piso y salía por las noches para hacer de las suyas (en el edificio no había un solo ratón y hasta los murciélagos habían desertado: lo del búho no era fácil), preparaba café, un excelente café en su cafetera maltrecha, tocaba el timbre con prontitud a la hora feliz de la estampida, permitía que se burlaran de él sin ponerse bravo (en su presencia cualquiera se sentía hermoso, hasta el bibliotecario) y siempre parecía conocer la ubicación exacta de todos y cada uno dentro del edificio, información que regalaba en compañía de una sonrisa y del amable pestañeo de sus ojos rasgados. En resumidas cuentas, era el comodín, el cargabates[25], el apagafuegos, el paño de lágrimas y hasta el bufón de la escuela. Con todo lo estrafalario que era,

---

23 Creados por Jim Henson, los muñecos llamados *muppets* fueron popularizados a través de los programas de televisión *Sesame Street* y *The Muppet Show*. (También hay películas y dibujos animados sobre ellos. Todos me caen de lo más bien, pero mi favorito es Animal, el salvaje baterista. ELP).

24 *Evanol*: marca comercial del analgésico para dolores menstruales.

25 *Cargabates*: Voz cubana para designar al que carga los bates de los jugadores de béisbol, utilero. (Se aplica también, en sentido figurado, a la persona que acarrea objetos diversos pertenecientes a otros. ELP).

a nadie le pasaba por la cabeza la idea de hacerle daño. Hay que recordar que en aquella escuela se estudiaba todo lo referente a las humanidades, que para algo tienen que servir, ¿no? Ahora bien, sólo a Danilo se le ocurría conversar con él, de igual a igual, quiero decir, abrazarlo como si pertenecieran a la misma especie, darle un beso en la boca para infinita envidia de Chantal o permitir que el adefesio, dándoselas de unicornio, recostara la cabeza en sus piernas y le pidiera, por favor, una canción de cuna en francés, el muy snob, o algún cuento de Perrault donde apareciesen en todo su esplendor el hada Melusina y compañía[26]. Todo eso ocurría siempre muy tarde, sin testigos presenciales de la originalidad, por llamarle de alguna manera, de Danilo. Bueno, al menos eso era lo que él creía.

En el barrio del adefesio, prácticamente marginal como todo en él, los chiquillos le gritaban cosas horribles y lo perseguían con palos y piedras, entre el furor y la carcajada, en un remanente del sacrificio de sangre, del antiguo ritual del *pharmakós*[27], del aplastamiento de la víctima propiciatoria que debe salvar a la turba de todos los males. Una vez equivocó el rumbo por andar de comerraspa[28]. En mala hora: fue atrapado en un callejón y por poco no hace el cuento. Se apareció luego todo despeluzado, con un ojo negro, cortadas, rasponazos, moretones y hasta un par de fracturas. Ya sabemos, señor de las moscas.[29] Por lo general, alguna vecina con ínfulas de abuela, de matrona salvaje, salía a defenderlo gritando malas palabras y blandiendo, cual alfanje vengador, un mortífero escobillón que tenía el poder de dispersar en tres segundos a la chiquillería.

Un sujeto tan acostumbrado a ser perseguido, pensaba Chantal, quien tenía noticias de la situación por tantos fragmentos mal que bien

---

26 El hada Melusina, quien terminó sus días como una sirena con cola de serpiente, proviene de una leyenda de origen celta por la cual se interesaron algunos escritores como Jean d'Arras, Rabelais, Perrault y Goethe. Manuel Mujica Láinez también le dedicó una novela, *El unicornio*. (Una historia muy triste, aunque poco original. Eso puede pasarle a cualquiera. ELP).

27 En la antigua religión griega, la palabra denominaba a una persona considerada abyecta, la cual era seleccionada para que sirviera de chivo expiatorio. La ocasión representaba un ritual de purificación, el cual requería que el *pharmakós* fuera golpeado y expulsado de la comunidad. (Esa práctica sigue vigente en nuestros días, sobre todo entre niños y adolescentes, aunque también puede ocurrir entre adultos. ELP)

28 *Comerraspa*: Eufemismo cubano para sustituir el vulgarismo comemierda, que en Cuba significa tonto o necio.

29 Referencia a *Lord of the Flies* (El señor de las moscas), primera novela de William Golding (1911-1993), Premio Nobel en 1983, que trata acerca de un grupo de escolares que, tras un accidente aéreo, se ven abandonados en una isla desierta y deben luchar por sobrevivir. (El adjetivo más preciso que encuentro para calificar esta novela es éste: contundente. ELP).

escuchados detrás la columna, noche tras noche, debía ser muy capaz de protegerla, en caso de ser descubierta, del lado Gilles o del por ciento sádico que quizás habitara en Danilo. El adefesio estaba más preparado que nadie, se decía ella, para aplacar a su amigo, para hacerle entender que ser acechado por una virgen perversa semejante a las pícaras imágenes de piedra que florecen en el exterior de ciertas construcciones medievales, por una jovencita tímida y cobarde que se iba quitando la ropa poco a poco (Chantal se había despojado también de la saya para enroscársela en la cabeza como un turbante y la muy fresquita no usaba ropa interior) en una especie de *strip-tease* para sí misma, sin atreverse jamás a salir de la sombra y atacar, no era precisamente lo peor que podía ocurrirle a un tipo, por más misántropo que fuera.

Chantal daba las gracias por adelantado y en su imaginación ella también hacía una reverencia, se inclinaba ante el adefesio para abrazarse a sus rodillas, envolverlo en un manto de púrpura, llamarlo Su Majestad y, si fuera preciso, lamerle los pies. Si era ese el dios lar de Danilo, ella estaba dispuesta a abandonar todas sus creencias en relación con el sentido tradicional de la belleza, esa estafa, para sumarse al culto verdadero hasta en sus más abyectas manifestaciones. Chantal, a pesar de su nombre, no sabía francés y había olvidado muchos años atrás los cuentos de Mamá Oca[30], pero no estaba desprovista de otros recursos para agradecer. En ese mismo instante, por ejemplo, se sentía más húmeda que en todo el resto de la noche y no precisamente de sudor. Mientras el adefesio pelaba el plátano y se guardaba la cáscara en el bolsillo de la camisa, ella apoyó las palmas de las manos sobre los senos y el roce fue electrizante. Suavemente las manos se deslizaron por el vientre cóncavo hasta llegar a las caderas y una vez allí se cerraron de nuevo como aprisionando y mostrando a un tiempo algo muy valioso... con el gesto sublime de quien invita a los dioses.

Y fue entonces cuando el panorama acabó de complicarse con la llegada inoportuna –o demasiado oportuna, que en rigor viene siendo lo mismo– de un personaje de la calle: la mujer de edad imprecisa y aspecto vulgar que entró apurada y pidió permiso para pasar al baño. Como el adefesio estaba ocupado en la parsimoniosa deglución del plátano, fue

---

30 Según una leyenda francesa, Mamá Oca es presuntamente la creadora de innumerables cuentos infantiles. Aparece frecuentemente en los relatos de Charles Perrault. Su libro *Histoires ou Contes du Temps Passé* (Historias y cuentos de tiempos pasados), publicado en 1697, lleva como subtítulo *Les Contes de ma Mère l'Oye* (Los cuentos de Mamá Oca). (Muy truculentos. En esa versión, por ejemplo, el lobo feroz se zampa a Caperucita Roja y ya. El cazador que la salva es una añadidura posterior de los hermanos Grimm. ELP).

Danilo quien le mostró el camino, siga la flecha. El baño de las féminas se hallaba en el último nivel de arriba hacia abajo, justo en el medio del pasillo que comunicaba la biblioteca con el vestíbulo, del mismo pasillo que era todo sombra, silencio y una ligera ráfaga de viento, donde cada noche desplegaba Chantal sus carreritas y otras piruetas.*

Todo fue muy rápido, como decir la ida por la vuelta. La mujer entró al baño, vio algo que le puso los pelos de punta y enseguida regresó al vestíbulo como si la hubieran soplado. Chantal, sólo vestida a estas alturas por las sandalias y el improvisado gorro frigio, tuvo la funesta impresión de que la mujer la había mirado de soslayo y de que estaba lista para armar un escándalo bien sonado. Pero ¿qué *más* habría visto? Porque lo cierto es que parecía muy asustada, demasiado, y la pobre Chantal, desnuda o vestida, jamás en su vida había trastornado a nadie de aquella manera. «Debe ser el Rey de la Mierda», se dijo con tal de tranquilizarse, pues la mujer le había comunicado su terror y ya las piernas le empezaban a temblar. Chantal, aunque aventurera, era más sensible que un gato, siempre con los nervios a flor de piel. «Sí, ese mismo, el Rey de la Mierda. Una especie de fantoche viscoso que habita en las alcantarillas, en el mundo de los detritus y la pestilencia, que navega por los fondos de toda la ciudad y emerge de vez en cuando por los inodoros para cogerle las nalgas a la gente y divertirse de lo lindo. A esta infeliz seguro que hasta le metió el dedo en el culo.»

La mujer se plantó de un brinco frente a Danilo y el adefesio, quien del susto se atragantó con el último pedazo de plátano. Clavó en ellos una mirada vidriosa.

—¡Oigan ustedes, en el baño de las mujeres hay un tipo masturbándose! –vociferó–. ¡¡Y está encuero!!

—¿Encuero? –articuló Danilo mientras le propinaba fuertes palmadas en la espalda al adefesio–. ¿Encuero, dice usted?

—Sí, mi'jito, encuero en pelota, delante del espejo y restregándose la cosa con las dos manos.

---

* No incluyo aquí un croquis de la planta del edificio, como hacen otros narradores cuando consideran que la distribución del espacio resulta clave para la comprensión de la anécdota, pues, en primer lugar, soy un pésimo dibujante y, en segundo, esta historia no tiene ni tendrá jamás un sentido, por muchos gráficos que se le añadan. (N. del A.). (Esta notica forma parte del cuento. El «A» no soy precisamente yo, que recibí muchos cursos de dibujo técnico y geometría del espacio. En la preparación militar me habría gustado especializarme en geodesia y cartografía, pero le caí mal al teniente y me puso de zapadora. Yo sólo tenía dieciséis años. ¡Menos mal que no hubo guerra! ELP).

«Así la tendrá de grande», quiso decir Danilo mas, por alguna razón muy privada, prefirió ahorrarse el comentario.

—¿Usted lo vio? –preguntó el adefesio todavía ronco.

—¡Claro que lo vi! Está flaco, huesudo, medio calvo y parece un cura –explicó la mujer agitando las manos. Tras una breve pausa añadió: —Pero no debe ser un cura, porque los curas no hacen eso delante de la gente.

—No, no lo hacen –murmuró Danilo.

—¿Y él? ¿La vio a usted? –volvió a preguntar el adefesio, otra vez en posesión de su habitual registro de soprano.

—¡Por supuesto que sí! Me vio por el espejo. ¿Y saben lo que me hizo el muy asqueroso? –Danilo y el adefesio negaron con energía–. ¡Me guiñó un ojo! ¡Habráse visto sinvergüenzura!

«No es para tanto», pensó Danilo. «A esta señora tal parece que nunca nadie le hubiera guiñado un ojo.» Por segunda vez, sin embargo, se guardó muy bien de exteriorizar sus pensamientos.

—Pero bueno, el señor ese del baño –el adefesio procuraba razonar–, ¿está loco?

—¡¡Seguro!! –exclamó la mujer.

—¿Y entonces que usted quiere? –el adefesio abrió los brazos como dándose por vencido en actitud de muy cristiana resignación.

—¿Cómo dice?

—Digo que, si el señor que le guiñó a usted un ojo dentro del baño está loco, en ese caso no podemos hacer nada. Sea comprensiva. Nosotros no conocemos a ningún psiquiatra. ¿Podría usted quizás recomendarnos alguno?

La mujer abrió los ojos como platos. No era cierto. Aquello, más allá de todo cálculo, simplemente no podía ser. Estaban bromeando, sí, eso, le corrían una máquina de un mal gusto supremo. No era lógico, no era verosímil que se lo tomaran con tanta calma, con tanta filosofía. ¡Había un loco dentro del baño, un parafílico[31] insinuante y a su interlocutor lo único que se le ocurría era pronunciar la pe de psiquiatra! Un sonido entre arcaizante y etimológico, en todo caso filoheleno. Pero tampoco era muy verosímil, en un sentido estrictamente realista, que una mujer de edad imprecisa y aspecto vulgar pensara en esos términos. Ella desconocía también el teatro de Io-

31 *Parafílico*: Proviene de parafilia, que según el *DRAE* significa desviación sexual. (¿Desviación? ¡Válgame Dios! Yo hubiera puesto «conducta levemente original», o algo así. Verdad que el *DRAE* tiene cada prejuicio... ELP).

nesco[32], el de Beckett[33] y el de nuestro Virgilio[34], de manera que no podía establecer comparaciones. Se sentía abrumada hasta para el énfasis correspondiente a la situación.

De pronto, como volviendo al principio, al orden que había existido en su vida antes de la estruendosa irrupción del absurdo, reparó en el adefesio. Lo miró bien, como al fenómeno de feria que pretendía no ser. Desde la pelusa naranja hasta las patas flacuchas, pasando por la cáscara de plátano que asomaba en lugar de un pañuelo por el bolsillo de la camisa. Cobró conciencia de las verrugas y de lo increíble de la voz, del muchacho que lo acompañaba como si el adefesio fuera una persona normal y no un esperpento, del frasco encima del banco, del sitio, de la hora. Recordó, ahora con bastante nitidez, la fugaz aparición tras la columna de una muchacha desnuda (la muchacha tenía la piel muy blanca, lo cual la hacía parecer aún más desnuda) y con un turbante de lo más esquizofrénico. Sí, en un lugar donde coincidían tantas perversidades –y tenía que ser ella quien entrara allí, ¡qué mala suerte!– no era nada raro que también hubiese un loco dentro del baño, un masturbador pseudocura y encueruso.[35]

Se le habían quitado hasta las ganas de orinar y todavía permanecía allí, sin saber qué hacer, angustiada y temiendo que toda aquella banda de endiablados le cayera encima para devorarla cruda (lo más seguro era que también fuesen caníbales y capaces de cometer quién sabe cuántas atrocidades más), en el preciso instante en que, como para

---

32 Eugene Ionesco (1909-1994), escritor francés nacido en Rumanía, autor de famosas obras de teatro como *La Cantatrice Chauve* (La soprano calva), de 1950, y *Rhinocéros* (Rinocerontes), de 1959, en las que se pone de manifiesto el absurdo. (Se dice por ahí que si este señor hubiese vivido en Cuba, sobre todo durante estos últimos cincuenta años, no habría tenido que romperse mucho el coco inventando historias absurdas: le hubiera bastado con mirar en derredor. ELP)

33 Samuel Beckett (1906-1989), escritor irlandés, exponente del teatro del absurdo. Vivió en Francia. Su obra más conocida es *En attendant Godot* (Esperando a Godot), de 1952. Premio Nobel de Literatura de 1969. (Buena persona este escritor. Los derechos de autor que cobró por *Godot* se los giró a Djuna Barnes, quien por esas fechas estaba pasando hambre en Nueva York. ELP)

34 Virgilio Piñera (1912-1979), dramaturgo, poeta y narrador cubano. Se distingue por privilegiar las situaciones absurdas y el sinsentido de la vida. Miembro del Grupo Orígenes y cofundador de la revista *Ciclón,* es autor del poema «La isla en peso» (1943), la pieza teatral *Electra Garrigó* (1943), los *Cuentos fríos* (1956) y la novela *Pequeñas maniobras* (1963), entre otras obras. (Vivió sus últimos años en un ostracismo forzado por la censura oficial. Hoy se le sobrevalora. Sus admiradores se ponen a chillar como cacatúas por el mero hecho de que alguien no lo considere el escritor más genial de todos los tiempos. ELP).

35 *Encueruso*: Voz cubana que significa persona desnuda. (Se emplea sobre todo en la conversación entre niños. Por ejemplo, si un grupito de niños va por alguna calle de La Habana y descubre a algún masturbador exhibicionista en plena faena detrás de una columna o de un árbol, lo más probable es que se pongan a gritarle a coro: ¡Encueruso! ¡Encueruso! ELP).

acabar de remacharlo todo en un soberbio y más que dramático puntillazo final, el búho del tercer piso salió de su guarida, levantó el vuelo como cada noche y, con actitudes de gran fiera triunfante y corajuda, en una especie de aterrizaje forzoso se abalanzó sobre la mujer.

Con las garras se sujetó de las greñas y la emprendió a picotazos contra la cabeza en nada semejante a la de Palas Atenea[36]. Ambos rodaron por el suelo fundidos en el abrazo infernal de una sola bestia. Híbrido y espectacular revolcón estilo Laocoonte[37]. La mujer gritaba, daba vueltas y trataba de decapitarse a sí misma como si la poseyera algún espíritu demoníaco para hablar por su boca y provocarle con ello una terrible migraña. El búho, prudente bicharraco, casi nunca atacaba a las personas, pero se ponía histérico cuando algo o alguien se atravesaba en su camino y la mujer, para su desgracia, había estado parada justo delante de la puerta principal, por donde a él le gustaba entrar y salir y volver a entrar y volver a salir a la hora de su ronda.

Mucha energía tuvo que consumir el adefesio para arrancar al avechucho de aquella sufriente cabeza, «¡suelta, bicho, suelta, no seas hijo de puta!», la cual perdió en la contienda algunos pelos y hasta gotas de sangre, mientras Danilo, a todas estas, aguantaba a la mujer, ya por un lado ya por otro, en un intento de controlar sus espasmos y contracciones, su total desbarajuste. Parecía como si de un momento a otro ella fuera a poner los ojos en blanco y a soltar espuma por la boca, vade retro. Como a la tercera va la vencida, Danilo no consiguió permanecer callado una vez más y, al tiempo que sostenía el cuerpo algo mojado (la mujer se había orinado encima gracias al estimulante contacto de las garras del búho), le susurró al oído:

—No se angustie, *madame,* el señor del baño no está loco. Se lo aseguro. Es sólo un amante desquiciado, un *renifleur*[38], usted sabe, de los que se encantan con el olor de los baños para mujeres. Si le guiñó el ojo fue por cortesía, un pequeño homenaje para convencerla a usted de que sus intenciones no eran predatorias. Para entrar en confianza, ¿me entiende? Él, además, es un hombre culto, elegante, civilizado... es nuestro bibliotecario.

---

36 Atenea es la diosa de la sabiduría en la mitología griega. (Según Hollywood, tenía los ojos verdes, la sonrisa fulgurante y el porte altivo de Isabella Rosellini. Para que luego no digan que las intelectuales son feas. ELP).

37 Personaje de la mitología griega que tuvo que luchar, con sus dos hijos, contra serpientes de mar enviadas por Atenea durante la guerra de Troya. (Muy bonita Atenea, sí, pero a veces un poquito malvada. ELP).

38 Persona que se excita con los olores.

Tales palabras tuvieron un efecto contrario al esperado, según suele suceder cuando se confunde la inocencia con la ironía y se trastocan todas las señales como en una oda al caos. Cuando el adefesio logró por fin separar a las dos criaturas enredadas para colocar una a la izquierda, el búho azorado, con algunas plumas de menos y todavía furioso, y la otra a la derecha, la mujer en un estado indescriptible de pánico, amargura y despecho, ella gritó algo así como *Noli me tangere!*[39] y, con el pelo casi blanco en pocos minutos, huyó a toda carrera de aquel antro de depravados para perderse en la noche. Teniendo en cuenta la violencia consuetudinaria que ejercían por aquellas cuadras y al amparo de las sombras algunos otros locos menos sofisticados, sólo queda esperar que *madame* haya llegado sana y salva a su destino.

Otra vez a solas según ellos, Danilo y el adefesio, todavía jadeantes y sucios de pelos, plumas, sangre, orines, sudor y suelo, intercambiaron unas miradas con forma de signos de interrogación. Pura retórica de gestos, pues el acuerdo parecía venir de muy atrás. El adefesio caminó hasta la puerta principal y la cerró por dentro con su llave, tal vez para impedir el regreso de la cordura y del búho, recién expulsado de una patada. Volvieron a mirarse y luego, muy despacio, como envueltos en una sonrisa oblicua, tomados de las manos y con la majestad propia de los espectros trágicos (Chantal, aún petrificada, sólo los veía como espectros, seres del más allá con historias incompletas), se dirigieron al baño, donde los esperaba, como tantas veces, su otro cómplice.

Alucinada, Chantal caminó tras ellos.

---

39 ¡No me toques! En la Biblia, Evangelio de Juan, 20, 17, palabras que Jesucristo dijo a María Magdalena después de la resurrección. (*Noli me tangere* es también el título de la novela del escritor y patriota filipino José Rizal, donde se exponen las atrocidades del colonialismo en su país, lo que a la larga le costó ser acusado de sedición, condenado a muerte y ejecutado en 1896, a la edad de 35 años. ELP).

Desnuda bajo la lluvia

a Evelyn Hatch,
por si volviera
a ser[1]

Hay una tarde de lluvia donde E se acomoda frente a la cámara. Un fogonazo (un decir) en la penumbra del estudio y ya: por enésima vez Bruno atrapa la sonrisa.

La sonrisa de E. Una frase que repetiré muchas veces en muchos tonos; un gesto impreciso –no en el tiempo ni en el espacio, más bien en el significado, en la multiplicidad de posibles lecturas–, una señal incierta, irónica si se quiere. Empecinadamente natural. Hasta se podría sacudirla un poco y guardarla en un cofrecito de hueso o de marfil, en un cajón de sastre junto a otras rarezas de siglos lejanos. Sólo que no serviría para nada.

La penumbra en el estudio de Bruno no tiene que ver con el encierro ni con la hora. Es artificial, fabricada por él como elemento indispensable de una atmósfera de intimidad, de atardecer profundo, ebrio al punto de tambalearse y no caer gracias a una mínima dosis de anfetamina. En ella (la penumbra) intervienen la *soft box,* para difuminar y suavizar los haces procedentes de la lámpara, y también la rejilla, para obtener un efecto de luz semejante a las manchas de un leopardo fantasma en una selva fantasma sobre el cuerpo de E y las superficies mullidas que lo limitan. El paraguas ilumina dorado un territorio aún más vasto: la sonrisa ambivalente de E, la lluvia por dentro...

No suena mal: la lluvia por dentro, la sonrisa ambivalente, el leopardo... Excelente montaje. Uno se pone lírico y entona canciones de victrola hasta creerse el gran brujo del mundo, el artífice de bellas frases para consumo de algún lector paciente que desenvuelve para-

1 Evelyn Hatch aparece desnuda, recostada sobre la yerba y mirando hacia la cámara, en una fotografía de 1879 tomada por Lewis Carroll. Al parecer, Hatch había nacido en 1869. (Una imagen polémica que unos han considerado inocente y otros sobrecogedora, más allá de cualquier excusa. Corren rumores de que antes de eso ya la señora Liddell, madre de la celebérrima Alice, la de las aventuras en Wonderland, había alejado a ésta y a sus hermanas del entusiasta fotógrafo, matemático y escritor. ELP).

dojas cómodamente arrellanado en su butaca. Y es ahí donde sobreviene el extravío, donde el mensaje auténtico se corrompe, se decolora y adquiere la tonalidad engañosa de una rubia oxigenada, apócrifa.

Porque lo cierto, Bruno sabe, es que se ve fatal. A pesar de tanto manifiesto y tanta academia y tanta teoría semiótica con Botticelli pintando su nacimiento de Venus, su primavera y otros lienzos a partir del catálogo de una pinacoteca perdida,[2] después de todo lo ocurrido –lo que no cabe en estas escasas páginas, pues requeriría de tomos, más tomos y alguna firma prestigiosa para ser tratado como merece–, no ignoramos que no existen oraciones capaces de justificar una imagen visual. Ésta, o habla por sí misma, o se va al carajo.

Bruno le ha dicho a E que así no puede ser, que lo estropea todo al sonreír de esa manera. Se lo ha repetido con las mismas palabras de ayer y del viernes, otra prueba de la existencia de una región, una extensa región, donde rige la inutilidad del verbo. Por si necesita argumentos (algunas muchachas son bastante razonables y Bruno tiene motivos para suponer que E es una de ellas), ahora le explica que lo sabe porque anoche reveló unas cuantas de la otra serie; si lo desea, mujer incrédula, puede verlas tendidas en el sótano. Quizás le gusten a alguien, al lector de la butaca o a la misma E, quien a lo mejor se prefiere espiritual, etérea, *soul*, pero en realidad son un desastre. Más románticas –o experimentales, como de la época en que la fotografía era toda ella un arte de vanguardia– que otra cosa. Dan grima, dan ganas de halarse los pelos. Si el gran brujo las reuniera en una exposición bajo el lema «Cómo deserotizar el objeto erótico», alcanzarían su punto máximo de ejemplaridad negativa.

¿Qué ocurre? Nada, por más que las ha retocado moviendo opacidades y brillos de aquí para allá, desdibujando todavía más las manchas del leopardo, la mirada no acaba de caer sobre los pezones, lo primero que le interesa destacar. Parece mentira, porque ella los tiene grandes y muy parados, como si apuntaran hacia algún enemigo invisible que anduviese por el techo o los rincones del estudio. Son el deseo mismo de pellizcarlos, chuparlos, morderlos...

Es ése y no otro el efecto que Bruno quiere obtener: una imagen pro-

2 Sandro Botticelli (1445-1510), uno de los pintores más destacados del renacimiento florentino, pintó su *La nascita di Venere* (Nacimiento de Venus) y otros cuadros a partir de descripciones de cuadros antiguos perdidos. (El cuadro suyo que más me ha impresionado es el retrato de un desconocido, *Ritratto d'uomo con medaglia di Cosimo il Vecchio*, al que algunos llaman *El hombre de la medalla*. Se encuentra, junto con la mayor parte de sus óleos, en la Galería de los Uffizi, en Florencia. ELP).

vocativa, juguetona hasta agredir y al mismo tiempo acariciar. Nada de veladuras –no emplea ninguna clase de filtro– o innovaciones técnicas. Busca lo primario, lo ya inventado, lo cotidiano. Lo eterno. Ningún pretexto reflexivo, mucho menos poético, que se interponga entre E y las fantasías más urgentes del espectador. Por desgracia la sonrisa se lo traga todo. Con una fuerza que no alcanza él a comprender, la sonrisa se convierte en un centro focal que devora sus propósitos.

Ella se encoge de hombros y le dice bueno, vamos otra vez. Nunca pregunta, nunca discute, nunca se resiste. No parece resignada, tampoco incómoda, cansada o molesta. No parece absolutamente nada, ni siquiera indiferente. Aponía,[3] ataraxia,[4] sangre de horchata[5], justo la idea estereotipada que uno se hace de un aristócrata inglés o de un monje tibetano. Bruno no está muy seguro de que ella lo escuche, si bien por ráfagas tiene la impresión de que no lo engaña, de que está dispuesta a cooperar. Él sospecha, sin embargo, de su impresión.

Y es que a veces se obnubila, se deja llevar por un demonio complaciente y risueño que le hace cuchi-cuchi y otras carantoñas con una plumita por dentro del estómago –también les sucede a los escritores, a los músicos, a los artistas plásticos y demás brujos– y entonces, ya en el vicio de la repetición, en el *ritornello*, se le pierde el sentido de la crítica y sólo ve lo que quisiera ver. Una peonza que para bailar se pone la capa y para bailar se la vuelve a quitar, un grifo mareado, una serpiente que se muerde la cola. Para escapar de eso tendría que abandonar la partida, derribar a su rey bien protegido tras el *fianchetto*[6] y salir a caminar, presenciar un accidente de tránsito, extremidades que se agitan debajo de la rueda jimagua[7], un derrumbe, una pelea, tomar cerveza. Esta mujer lo confunde.

Como un principiante, lo lleva todo anotado: el tipo de cámara (la misma, la de siempre, pero no me pagan para que les haga propa-

---

3 La ausencia de dolor físico.

4 La ausencia de trastorno mental. (Cierto amigo mío llama «estar en la ataraxia» al hecho de no involucrarse, por lo menos aquí, en Cuba, en cuestiones políticas. ELP).

5 *Sangre de horchata:* Coloquialismo que significa carácter calmoso, que no se altera por nada. (¡Así mismitico soy yo! Bueno, de vez en cuando. ELP).

6 Describe una movida en el juego de ajedrez. (Hubo un tiempo en que yo jugaba ajedrez casi a diario, con o sin reloj, durante horas y horas, y también repasaba partidas de grandes maestros, intentaba resolver acertijos de esos de «mate en cuatro», «mate en cinco», etcétera. Nada, que me cogió fuerte. Pero luego la fiebre pasó. Hoy en día procuro mantenerme a prudencial distancia de los tableros. ELP).

7 *Jimagua*: Cubanismo de origen yoruba, que significa mellizo, nacido del mismo parto. También se aplica a a las ruedas dobles de vehículos automotores de gran tamaño.

ganda), la marca y la sensibilidad de la película, el tiempo de exposición y la apertura del objetivo. Todo bien. Insultantemente bien. El único problema es la sonrisa. Pero no hay quien le gane. Si usted le gana a la sonrisa de E, le ofrecemos una pizza gratis, de langosta, familiar, o un viaje de placer en un crucero por los mares del Sur. ¡Bah, utopías! Ella (la sonrisa) puede más que cualquier andamiaje tecnológico, por costoso que sea, y no sé cuántos cursos de fotografía, sin contar los años de experiencia. ¿Qué hacer?, es lo que se pregunta Bruno al final de cada ola, cuando siente que se repite.

Retumba un trueno, la lluvia arrecia y va en picada contra los cristales.

E vuelve a tenderse sobre la alfombra, entre almohadones como un Tiziano. O un Manet que, quizás sin saberlo, hace la parodia de un Tiziano: donde hubo un perrito claro, hay un gato erizado y prieto; donde estuvo la Venus de Urbino, aparece Olimpia; se repiten, en fin, el decorado y la mucama.[8] A nuestro artista, sin embargo, no le satisfacen ni la majestad de la primera ni la desfachatez de la segunda. Ninguna de las dos le parece deseable, que Dios lo perdone. Piensa que a lo mejor se trata de la posición, tan impostada, la misma de la duquesa de Alba y de tantas otras mujeres de óleo, acuarela o pastel.[9] Le indica a E que abra las piernas.

Le hubiera gustado dejar eso para lo último. El ritual acostumbrado: la modelo se cubre con una mano, se descubre poco a poco, al final la mano muestra más de lo que esconde con fingido descuido –uno sabe que es fingido porque uno no es bobo, pero sucede lo mismo que en el teatro: el espectador no tiene escrúpulos en participar de la ilusión–, el índice señala a un vórtice cada vez más nítido como susurrando al oído «mira, mira lo que tengo aquí, ¿qué te parece?»

---

8 Tiziano Vecellio (1477-1576), una de las figuras principales de la escuela veneciana de pintura del siglo XVI cuyo óleo, *Venere di Urbino* (Venus de Urbino), de 1538, fue más tarde reinterpretado por Édouard Manet, precursor del impresionismo francés, en su *Olympia* (1863). (En mi época de estudiante de la UH le comenté esto a una profe de Historia del Arte, usando el término «parodia». Me miró con ojos reprobadores, la profe, y me dijo que de ningún modo, que Manet era muy serio, correcto y respetuoso de las jerarquías, y no iba por ahí haciendo parodias, chistes ni burlas, a diferencia de *cierta personita* que ella conocía. ELP).

9 La duquesa de Alba le sirvió de modelo a Francisco de Goya (1746-1828) para pintar *La maja desnuda* (1800). La pose de la mujer desnuda en el cuadro de Manet recuerda también la de la del cuadro de Goya. (Contemplar a la maja, más terrenal que la Venus de Urbino y menos maliciosa que Olympia, siempre me eleva la autoestima, pues me confirma que las tetas con cierto volumen, naturales, o sea, no siliconadas, con una ligera caída hacia los lados cuando una se tiende boca arriba, son algo que está muy bien. ELP).

y entonces un *close-up,* otro, otro más, sin dedos ni artificios. ¡Ah, el índice debe ser como el de E! Largo y ahusado, de modo que sugiera habilidad. La uña muy corta para evitar cualquier inconveniente, para conjurar el arañazo o la misma inverosimilitud de la escena imaginada. Bruno se pregunta en ocasiones cómo se las arreglan las mujeres de uñas demasiado largas, por otra parte tan antiestéticas, para... bueno, no precisamente para escribir a máquina.

La muchacha alza las rodillas y separa los muslos. En el izquierdo, por dentro, un diminuto lunar que parece pintado por un pícaro o por uno de los pequeños maestros del XVIII francés. El detalle alucinante, el grano de sal en la tarta de guayaba. Sería un crimen ocultarlo con la base neutra, así pues, el gran brujo le perdona la vida.

E se mueve despacio, sabe que por estos días todo el tiempo de Bruno –y un respetable cheque a cobrar en el banco financiero– son para ella. Su naturaleza, además, no incluye el apuro. ¿Correr para qué? ¿Correr para llegar a dónde?

E se arrastra y se regodea. Es sinuosa, es puta, es perfecta.

De pronto se incorpora a medias, mira en derredor, agarra un cojín forrado de terciopelo y se lo coloca debajo de las nalgas.

—Aparta las manos –dice Bruno–. Vamos a ver qué pasa.

Vuelve a posar y ahora exhibe, rodeada por el vello color cobre espléndidamente idéntico al de sus axilas sin depilar, la vulva rosada, algo húmeda, burbujeante. Un ovalito contraído –nadie sabe por qué, en el estudio no hay nada de que asustarse como no sea del enemigo invisible, ése al cual se desafía: «aquí tú no entras»–; la perilla enhiesta, sobresaliendo entre los mínimos pliegues. Deliciosa, firme, evidente. Dan deseos de lamerla mucho rato, de hundir la boca y la nariz en ella.

Bruno piensa que nunca las pintaron así, justo como mejor lucen. Ni soñarlo. Por menos que eso por poco apedrean a algunos artistas y les destrozan los cuadros o los arrojan todos juntos, artistas y cuadros, en la hoguera de las vanidades. No ha dejado de ser ingenuo y, tal vez por eso, no comprenderá jamás a las personas para las cuales las vanidades son malas.

«Los fotógrafos hemos bregado con más suerte», se dice palabra tras palabra, como un orador ante su público, «si acaso se le puede llamar así, puesto que somos más recientes y a menudo habitamos en las márgenes de lo sacro, una especie de zona de tolerancia. Pornografía y arte, una frontera bien trazada y cada cual en su sitio, la etiqueta enganchada en la espalda con un alfiler. Mientras no haya confusión estás a salvo... ¿Por qué pienso en esas cosas ahora? ¿Qué me importan? No puedo ni quiero dejar de ser lo que soy y tampoco puedo ni quiero cambiar a las personas. Hay algo inmaduro, no se me escapa, algo patético y divertido en gimotear así.»

Entretanto el cuerpo sobre la alfombra, el cojín, los flecos de un chal, el vórtice. ¡Qué bella es! En serio que dan deseos de soltar la cámara. Aquí se le acaban casi las palabras a Bruno.

Mientras la observa, poco a poco va creyendo que E podría llegar a ser una gran lesbiana, ilustre como las muchachas en flor que se rozan los senos al bailar[10] o las del almanaque de las damas de Djuna Barnes[11]. A lo mejor ya lo es, no le ha preguntado. Entre espumas, transparencias y encajes, la perspectiva sáfica. Bruno sería muy feliz si lograra colarse en alguna de esas peñas; se disfrazaría y todo si hiciera falta. Es un hombre simple, de los que piensan que, mientras más mujeres, mejor. Si esto sale bien –la esperanza va y viene; como salida del fondo de la caja de los males, revolotea por el estudio, se posa en su frente–, quizás le proponga a E un par de sesiones con...

Por lo pronto se ve fabulosa con su sonrisa vertical... y no tanto con la otra sonrisa. La inefable, la persistente, la casi mística y abrumadora. La que se clava con atrevido protagonismo en el mismísimo centro del *flash*.

—No sirve, E, no sirve –algo lo fatiga–. No necesito revelarla para saber que no sirve.

La muchacha se sienta en la posición del loto y lo mira ¿triste? Quién sabe. Le queda bien ese maquillaje ligero que acentúa sus propios colores. No hay marcas en la piel. Ni una mancha, ni una estría, ni una cicatriz, nada. Cualquiera la creería virgen, no del enemigo invisible, sino en un sentido más abarcador.

De repente le entran ganas de abofetearla con tal de borrarle del

---

10 El segundo de siete volúmenes de la obra monumental de Proust *A la Recherche du temps perdu* (En busca del tiempo perdido) se titula *À l'ombre des jeunes filles en fleurs* (A la sombra de las muchachas en flor), que vio la luz del día en 1919.

11 Djuna Barnes (1892-1982), escritora norteamericana, conocida sobre todo por su novela *Nightwood* (El bosque de la noche), publicada en 1936. *Ladies Almanack* (El almanaque de las damas) es otra de sus novelas. (Una sátira, no demasiado cruel, sobre el famoso círculo de lesbianas capitaneadas por Natalie Barney en el París de entreguerras, con ilustraciones de la propia Djuna. ELP).

rostro esa expresión que no entiende y que le arruina el trabajo. Cuenta hasta diez, un respiro, hasta once. No basta. Se repite réflex treinta y cinco milímetros, réflex, una palomita mental, objetivo ochenta y cinco milímetros, objetivo, otra palomita mental, diafragma efe cinco coma seis, dia...

—¿Te das cuenta de que me estás volviendo loco?

Enciende un par de cigarros a la vez y le impone uno a ella. Nunca la ha visto fumar, pero la brujita lo acepta dócil.

—Ven acá, chica, ¿tú no puedes poner otra cara?

Ella ladea la cabeza como los perros ante lo insólito, como si tres travestis muy escandalosos cruzaran el desierto con sus tacos altos, su música y sus lentejuelas. Lo vigila a través del humo que apenas absorbe, se protege. Bruno piensa que si se le acercara demasiado, ella sería capaz de huir, de correr hacia la calle y perderse, así mismo, desnuda bajo la lluvia. Piensa que quizás no podría alcanzarla y quién sabe si volvería a verla.

Le describe el gesto que espera de ella, si bien a estas alturas le da lo mismo cualquier mueca que no se parezca a la puñetera sonrisita equívoca que ni el cigarro consigue extinguirle. No es fácil describir un gesto, menos cuando se trata de algo tan sutil, pero Bruno se esfuerza. Tampoco tiene sentido enseñarle las fotos de las otras, ella no tiene por qué imitarlas, cada brujita debe mostrar su propia personalidad. ¿Pero acaso no es eso lo que ella hace? Aquí se enreda de nuevo nuestro artista, se muerde la lengua para no recaer en la libreta del novicio con sus palomitas mentales.

Afuera hay un diluvio, truenos por aquí y truenos por allá que conforman un grandioso único trueno sobre su cabeza. El Vedado, con sus discretas lomas, se las da de cumbres borrascosas.[12]

—Nunca pretendí desnudar a la virgen de las rocas, ¿me entiendes?[13] ¡Nunca! Voy a Barcelona –no quisiera gritar y grita–, te lo he dicho más de cuarenta veces, a un festival de cine erótico y la Mostra d'Art es de arte, sí, *arte*, erótico. No espiritista ni psicoanalítico. Erótico. E-

---

12 Referencia a la novela *Wuthering Heights* (Cumbres borrascosas), de la narradora y poeta británica Emily Brontë (1818-1848), publicada en 1847. (Bajo el pseudónimo masculino de Ellis Bell. La verdadera identidad de la autora no fue revelada sino hasta después de su muerte, por su hermana Charlotte. Sospecho que la genial, sombría, feroz, taciturna y demoníaca Emily hubiese preferido conservar su máscara por los siglos de los siglos. Pero cuando te mueres quedas indefenso. ELP).

13 Alusión a la *Vergine delle rocce* (La virgen de las rocas), de Leonardo da Vinci (1492-1519), óleo del cual existen dos versiones. (Que de sexies no tienen un pelo, empezando por el título… ELP).

ró-ti-co. Y tú, con esa cara de yo no sé ni qué, dejas impotente a cualquiera. ¡Es un cabrón cubo de agua fría! Tienes que poner la boca así, mira para acá –ella no ha dejado de mirarlo un instante–, así.

Y la pone. Y ella vuelve a ladear la cabeza. Y se ríe a carcajadas. Como un arbolito de Navidad repleto de cascabeles y agitado por el viento que sopla del otro lado de la pared, se ríe tanto que casi se le salen las lágrimas. Los senos suben y bajan al ritmo de la risa y la muy burlona por poco se atraganta con el humo. Está bien, que se ría. ¿Qué puede hacer Bruno? Hablar con E no conduce a nada. Se calla. No tiene remedio.

Podría cubrirle el rostro con su propio pelo rojo. Un velo sutil, tras las llamas un paisaje por adivinar. No es lo óptimo, pero en fin, si no hay alternativa... Porque lo único que no hará es buscar otra modelo. Eso no. Aunque tenga que retorcerle el pescuezo. Ella es suya, él la encontró, él la descubrió en la calle entre miles de mujeres más llamativas. E: menuda, descarada, libre, él la trajo al estudio.

Aparte de sus piernas, delgadas, pero muy bonitas –en muchas fotos de la otra serie lleva medias negras, lástima que no salieran bien–, recuerda Bruno, lo que más le gustó de ella, curiosamente, fue la sonrisa...

No se me ocurre cómo describirla, cómo hacer que la veas para que entiendas al pobre Bruno y no pienses que es un excéntrico. No es cuestión de presionar el obturador y listo, pues no todo es retratable. Se podría decir, quizás, que esta sonrisa es la de alguien que ha vivido un episodio espantoso y magnífico, una aventura muy especial, de esas que suceden sólo una vez en la vida; la de alguien que recuerda con amabilidad sarcástica, alegre rencor y quién sabe cuántas contradicciones más a un amante extremadamente único, de todo punto insustituible.

Cuando Bruno la vio por primera vez, ¿cómo imaginar que estaba fija a su dueña como la máscara de hierro a Monseñor Luis?[14] Al fin y al cabo, ¿quién es la dueña de quién? No le atraía tanto ella (la sonrisa) como lo que se ocultaba detrás. Qué tonto. ¿Cómo imaginar que llegaría a molestarle? Porque le molesta bastante: ni siquiera la

---

14 Alusión a *Le Vicomte de Bragelonne* (El vizconde de Bragelonne), novela de Alexandre Dumas, padre (1802-1870), la cual, como *Vingt ans après* (Veinte años después), continúa la historia de d'Artagnan, uno de los personajes principales de *Les trois mousquetaires* (Los tres mosqueteros). La historia sobre el hombre de la máscara de hierro es una de las que se cuentan en la novela. Trata de un personaje rodeado de misterio que pasó muchos años en una prisión francesa con la cara cubierta de una máscara probablemente hecha de terciopelo. La primera referencia al personaje se encuentra en *Le Siècle de Louis XIV* (El siglo de Luis XIV) de Voltaire, publicado en 1751. De 1929 a 1998, se hicieron por lo menos seis películas inspiradas en la historia de este individuo misterioso. (La historia que más me gusta es una en la que el personaje, presuntamente hermano gemelo de Luis XIV, lo interpreta Leonardo di Caprio. Luis XIV y di Caprio se parecen tanto entre sí como un huevo y una castaña, pero no hay que ser tan exigentes con el prójimo, se hace lo que se puede. ELP).

cortina cuprosa ha dado resultado. Otro fracaso. El mismo fracaso de siempre. La sonrisa persiste fantasmagórica aun detrás del fuego y es hasta peor: el ojo del espectador se ve compulsado a intuir, a remover, a descifrar. Del mentón no baja.

¿Y si la fotografiara todo el tiempo de espaldas? Podría resultar interesante que no se viera la cara. Podría resultar. Muchacha secreta o algo por el estilo. ¿Quién es? ¿Una actriz famosa? ¿Una vecina? ¿Su asistente? ¿Su mujer? ¡Identifíquela usted! Para no angustiarse, Bruno la emprende a mentiras contra sí mismo. Prosigue. La muchacha secreta no se parece a la bañista de Valpinçon,[15] ni a la Venus de Velázquez, la del espejo, el mejor culo de todos los tiempos.[16] Demasiado famosas, demasiado reconocibles. A Bruno le encantan los espejos, le fascinan, estimulan su imaginación con las múltiples posibilidades que ofrecen. Pero no procede introducirlos en la serie de E. ¿Para qué duplicar lo que fastidia?

La muchacha secreta con los codos apoyados en la alfombra: las nalgas redondas, no muy firmes, escandalosamente inmaculadas, en forma de corazón invertido, manzana o pera, como las que exhiben, según el enano, las coristas del Molino Rojo;[17] un anillo todavía más contraído que el ovalito –para advertir al enemigo invisible: «por aquí ni se te ocurra» –, rosado como todo lo rosado que hay en ella, quizás más oscuro; el vello color cobre, la sonrisa vertical ahora al revés, pero igual de esponjosa y tentadora entre dos labios rechonchitos que caen un poco y hacia el fondo de la composición, aprovechando el ángulo favorable, también caen los senos como mangos maduros, puntiagudos y verdaderos, anteriores a esa cultura de la silicona que no le hace ninguna gracia al gran brujo.

---

15 Óleo de Jean Dominique Ingres (1780-1867) titulado *La Grande Baigneuse*. (Ingres fue un extraordinario dibujante. Lo suyo era la línea. Quizá por eso me encantaba mirar sus cuadros en álbumes de reproducciones, pero luego, cuando choqué en vivo y en directo con varios de ellos en una sala del Met, en Nueva York, me decepcionaron bastante. ELP).

16 La *Venus del espejo*, de Diego Velázquez (1599-1660), está tendida sobre un costado, de espaldas al espectador. (Aún no he conseguido empatarme con esta Venus escurridiza. Voy a la National Gallery, en Londres, a verla, y resulta que se la prestaron al Museo del Prado, en Madrid, para no sé cuál retrospectiva de la obra de Velázquez. Unos meses después voy al Prado y resulta que ya se la devolvieron a la National Gallery y que no me alcanzan los euros para seguir persiguiéndola. Me da una rabia... ELP).

17 Las coristas del cabaret francés Le Moulin Rouge fueron inmortalizadas por Henri de Toulouse-Lautrec (1864-1901) en una serie de cuadros postimpresionistas. (Y también en numerosos dibujos y grabados. Aún recuerdo aquella tarde invernal de 1999 que pasé mirándolos en una sala poco iluminada y bien refrigerada, para su mejor conservación, en el Museo de Orsay, en París. Este Toulouse-Lautrec debió ser un tipo muy divertido. Se definía a sí mismo como «una cafetera chiquita, pero con el pito grande». ELP).

Lenta se mueve, gatea y todo su cuerpo ondula. Lo que Bruno desea ahora es arrodillarse detrás de ella, sostener con las manos el peso de los senos –los pezones duros, una cosquilla en las palmas, apretarlos, estirarlos, hacer que le duelan…– y penetrarla de un tirón. O el ovalito o el anillo, da lo mismo. Así de contraídos, imagina cuánto aprietan. Que gima, que grite, que se retuerza...

Lo devuelve a la realidad del estudio, de la cámara y los demás aditamentos, del temporal en la calle, no el arte, como debiera, sino la sonrisa de nuevo. No distingue el rostro de E, pero tampoco logra concentrarse porque, de alguna manera que ya lo asusta, *sabe* que ella sonríe. ¿A eso no se le llama paranoia? Creo que sí.

Nunca había pensado en E como amante. Suya, quiero decir. La modelo es la amante del espectador, lo que Bruno siente por momentos mirando su cuerpo es lo que quisiera transmitirle a él (o a ella). Nunca la había tocado, pero sin que interviniera ninguna convicción en particular distinta de su vieja manía de orden en el sentido de no mezclar las cosas. Vagamente soñaba con todo lo que haría al concluir el trabajo… Ahora, en cambio, está convencido de que jamás podría acostarse con ella.

Existe algo que la hace intocable. No está en su cuerpo, en lo que puede capturar un ojo en busca de placer, pero es lo que revelan las fotos. Quizás la huella de aquel desconocido (para Bruno) con quien nadie se compara. ¿Qué le hizo, por Dios, qué le hizo? No se atreve a preguntarle. ¿Podría ella explicarlo con palabras? Tal vez, aunque tampoco serviría de mucho: sobre ella gravita, el gran brujo lo intuye, el espectro de lo irremediable, de lo ya vivido, de lo que arrastra hacia un fondo de peligrosas densidades y proscribe la alegre frivolidad de su arte.

Se rinde. Con la mayor cortesía que puede, le dice que han terminado por hoy. Como en la lluvia nadie manda, le advierte que, si quiere, puede quedarse hasta que escampe. Ella se levanta sin decir una palabra y camina hasta el rincón alejado de la luz donde había dejado sus ropas muy bien dobladas sobre el respaldar de una silla. No parece inquieta. Claro. ¿Por qué habría de estarlo? Toda la ansiedad la carga Bruno, le corresponde. Por hoy no habrá más fotos, ¿y mañana? ¿Qué hará mañana? No tiene la menor idea. ¿Qué puede hacer contigo, E? ¿Dónde te pone? Su entusiasmo del principio anda por el suelo.

La llama y una voz le responde desde el rincón de la silla y la penumbra: —Sí, dime.

—E, tú te das cuenta de que algo no funciona bien, ¿verdad?

—Sí, me doy cuenta. Parece que vas a tener que buscarte otra muchacha.

—No, E, yo no quiero otra.

—¿Y entonces? ¿Qué tú quieres que yo haga? Me dices que no sonría, no sonrío. De verdad que no. Pero tú no te conformas, qué va. Tú insistes. Que yo sigo sonriendo, que te vuelvo loco y todo eso. Lo que pasa es que no te gusta mi cara...

La interrumpe: No exactamente...

Lo interrumpe: Bueno, algo parecido. Yo no sabía que la cara era tan importante para esta clase de fotos.

—Yo tampoco lo sabía, nunca me había pasado una cosa así, en serio. Pero dime, ¿tú habías hecho esto antes?

Emerge de la penumbra ya vestida, con un cigarro encendido. Un trueno enturbia el sí, una vez. Pero fue distinto, bien distinto. A *él* sí le gustaba mi cara, le gustaba todo lo que yo hacía. Los ojos de E brillan con un resplandor próximo a la ambigüedad de la sonrisa maldita.

—¿Y por casualidad conservas esas fotos? Me gustaría echarles un vistazo. Digo, si no te molesta.

—No, no me molesta. Me queda una sola, las otras se perdieron o se las confiscaron cuando todo explotó. Pero estás de suerte, por lo menos en eso, porque siempre la llevo encima.

Busca en el bolso de cuero mientras Bruno se pregunta si «él» es *él*, el amante irreversible, y le pregunta qué cosa fue lo que explotó.

—Todo –responde–, todo explotó. La gente no entiende, ¿sabes? Hubo un juicio –se encoge de hombros como tantas veces le ha visto hacer el gran brujo a lo largo de estos días–, donde se dijeron horrores. Después no supe más nada… –Suspira con una rabia muy antigua–. No volví a saber.

Le tiende una foto en blanco y negro, tamaño postal, los bordes muy gastados hasta redondear las esquinas.

—Primera vez que se la enseño a alguien.

Bruno se acerca a la lámpara y lo que ve lo sobrecoge. La luz hace saltar implacable ante sus ojos (acostumbrados, como supondrás, a toda clase de juegos y locuras) a E tendida, completamente desnuda, con el cuerpo de frente, los brazos detrás de la cabeza y una rodilla flexionada lo suficiente como para que se vea el lunar en el muslo y aún más. Graciosa, sonriente, una pequeña reina ya segura de su poder... a los siete u ocho años.

El viejo, el asesino y yo

Espero que no tenga usted nada que decir
en contra de la maldad, mi querido ingeniero.
En mi opinión, es el arma más resplandeciente de la razón
contra las potencias de las tinieblas y de la fealdad.

T. MANN, *La montaña mágica*[1]

Es la noche y el viejo balconea. El aire golpea suavemente su rostro, que alguna vez fue hermoso. Todavía lo es, aunque las huellas del tiempo en su piel no sean las que suele dejar una existencia feliz. Está solo. Tanto, que al asomarse a la calle parece el hombre más solo del mundo.

Me deslizo hasta él sin hacer ruido. Me deslizo como una serpiente. Se percata. Me mira con el rabillo del ojo, procurando tal vez que no me aproxime demasiado, que no penetre en su aura. Lo mejor que se puede hacer con una serpiente es mantenerla a distancia, lo comprendo.

Aunque quizás no le importe. Suele afirmar que a su edad casi nada importa, conocer o desconocer, tomar champán o visitar a los amigos, nada. Le da muchas vueltas a eso de la edad, por momentos parece obsesionado, se burla de sí mismo. Que La Habana no es la de antes, los carros, los bares, los olores, la forma de vestir –el amor en La Habana tampoco es el de antes–, que ya no quiere hacer otra cosa demasiado distinta a mecerse en un sillón. Que los verdaderos amigos están muertos.

Nadie como él para instalarse en el pasado: justo donde no puedo alcanzarlo, donde él puede reinar y yo no existo. Cierro los ojos y extiendo las manos en busca del pasado, no puedo. Tu generación, mi generación, dice. Creo que se burla de sí mismo a manera de ejercicio retórico o quizás para evitar que alguien se le adelante. Un ceremonial

1 Narrador y ensayista de origen alemán, Thomas Mann (1875-1955) vivió en Suiza y en los Estados Unidos. Además de escribir *Der Zauberberg* (La montaña mágica), fue el autor de *Der Tod in Venedig* (Muerte en Venecia) y de *Doktor Faustus* (El doctor Fausto) , entre otras novelas. Le concedieron el Premio Nobel en 1929. (A los 26 años publicó *Los Buddenbrook*, una novela de lo más interesante, amena, rica de leer. Y hasta el fin de sus días vivió atormentado por la idea tenebrosa de que, a pesar de lo abundante de su producción literaria, nunca más había logrado escribir otro libro mejor que ése. Yo creo que sí lo logró con *La montaña mágica*, que es, sencillamente, una obra maestra. ELP)

apotropaico,[2] un conjuro. Dice lo que imagina que otros podrían decir acerca de él, exagera y no queda más remedio que citarlo.

Me acerco más. El balcón es chico, la manga de su camisa me roza el hombro desnudo. Es más alto que yo, es un hombre alto que, aun sin llevarlo, parece haber nacido con un traje. Siempre me han gustado los hombres de traje: estadistas, financieros, escritores famosos. Patriarcas, próceres, fundadores de algo. Cuando se reúnen varios de ellos me parece asistir a un lugar de decisiones importantes, a una especie de asamblea constituyente.

El aire mueve diminutos fragmentos entre él y yo. Su espacio huele a lavanda, a lejanía, a país extranjero donde cada año cae nieve y los árboles se deshojan; huele a oscuridad cerrada y de elevado puntal, a mil novecientos cincuenta y tantos. Mediados de un siglo que no es el mío. Porque su época, según él, es la anterior a la caída del Muro de Berlín; la mía es la siguiente. Todo cuanto escriba yo antes del XXI será una obra de juventud. Después, ya se verá. Creo que es una manera elegante de decir que estamos separados por un muro.

—¿En tu casa hay balcón?

No, pero sí una terraza con muchísimos cactos, cada uno en su maceta de barro o porcelana con dibujitos. Para el caso es lo mismo. No adoro los cactos, pero se dan fáciles. Proliferan entre el abandono y la tierra seca, arenosa, en mi versión reducida del desierto de Oklahoma. Algunos tienen flores, otros parecen cubiertos por una fina pelusa, pero hincan igual. Son las plantas más persistentes que conozco: aprendo de ellos.

—No, pero sí una terraza –si me pongo a hablarle de mis cactos, capaz que se vaya y me deje con la palabra en la boca.

Nunca lo ha hecho, Dios lo libre. Pero sé que puede hacerlo. Mejor dicho, que le gustaría poder hacerlo. No es grosero (fue educado en un colegio religioso y todavía se le nota), pero admira la grosería, la brutalidad deliberada como una forma de independencia de no sé cuántas ataduras, convenciones o algo así. Y no me imagino a mí misma sujetándolo por la manga de la camisa. Al menos por el momento.

Así son las cosas. Temo aburrirlo. De hecho, tengo la impresión

---

2 «Dicho de un rito, de un sacrificio, de una fórmula, etc. que, por su carácter mágico, se cree que aleja el mal o propicia el bien», según el *DRAE*. (Cuando Julio César, por ejemplo, entró a Roma al frente de sus legiones, de lo más triunfante tras conquistar la Galia, entre los vítores y las alabanzas del *populus*, alguien cabalgaba a su lado repitiéndole en voz baja: «Eres calvo, César, eres calvo...», para conjurar la envidia de los dioses. ELP).

de que lo aburro. ¿Qué podría contarle yo, que apenas he salido del cascarón? «Una joven promesa de la literatura cubana», es ridículo. ¡Él ha visto tanto! ¡Me lleva tantos años! ¡Lo repite tan a menudo! Un caballero medieval bien enfundado en su armadura, en su antigüedad. Temo al malentendido. Temo que escape justo en el momento de haber alcanzado su definición mejor... temo.[3] Cada vez que lo veo me lleno de temores (y temblores) y aun así no puedo dejar de acercarme a él. No me lo explico. Es absurdo, soy absurda. Revoloteo alrededor del viejo como una mariposilla veleidosa.

Como de costumbre, hay mucha gente en la casa. Ruedan de un lado a otro, comentan, murmuran, fuman, toman ron. Parece una escena bajo el mar, dentro de una pecera, en cámara lenta.

Otras tardes y otras noches resultan más animadas que ésta: discuten de literatura, hablan de la gente que no está en la casa, se interrumpen unos a otros, se apasionan. El viejo ironiza, grita, se queda ronco, le dan palpitaciones y luego es el insomnio, el techo blanco. Se promete a sí mismo no volver a acalorarse y reincide. (Uno no escribe con teorías –me ha dicho hoy y no estoy de acuerdo, pienso que nada es desechable, que uno escribe con cualquier cosa, pero en fin.) No he estado presente en esos barullos que horripilan a los editores extranjeros. (No se pelean, es su forma de conversar, son cubanos –le ha dicho un mexicano a otro.) Alguien me los describe. Siempre hay alguien para contarme punto por punto lo que ocurre. Menos mal, pienso.

Porque delante de mí sólo dicen banalidades, sin alzar la voz apenas, como articulando muy a propósito unos diálogos más insípidos que los del *Nouveau Roman*[4] o el cine de Antonioni.[5] La asepsia

---

3 Alusión al verso de José Lezama Lima (1910-1976), «Ah, que tú escapes en el instante en el que habías alcanzado tu definición mejor». (Lo escuché una tarde en una grabación, en la propia voz profunda, espesa y arrulladora del poeta. Lezama y yo nacimos en La Habana el 19 de diciembre, con sesenta y dos años de diferencia. También nacieron en esa fecha Jean Genet, Edith Piaf y María Teresa Carlota, duquesa de Angulema, la hija de los reyes guillotinados, a quien Napoleón consideraba el único «hombre» del partido monárquico. ELP)

4 Hacia mediados del siglo XX, escritores como Alain Robbe-Grillet, Natalie Sarraute y Michel Butor practicaron una literatura que buscaba describir objetivamente lo que el narrador observaba. A ese tipo de novela se le llamó *Nouveau Roman* o nueva novela. (He tratado de hincarle el diente, más de una vez, con muy buena voluntad, pero nada, no puedo, no la resisto. ELP)

5 Michelangelo Antonioni buscó, como los practicantes del *Nouveau Roman*, romper con las convenciones narrativas en su campo, el cine. Es el director de *Blowup* (1966) y muchas otras películas. (De este señor lo único que me gusta es el nombre: Michelangelo. Suena tan *sexy*… ELP)

verbal, la sentencia descolorida, la incomunicación. El gran aburrimiento. El viejo se pone elegíaco y cuenta de sus viajes lo mismo que podría contar un turista cualquiera. Le ha dado la vuelta al mundo más de una vez, para cerciorarse, al parecer, de que todo lo que hay por ahí es muy tedioso. Habla de los epitafios que ha visto y planea el suyo. Confunde los detalles adrede. (Eso de que Esquilo participó en la batalla de Queronea no se lo cree ni él.)[6] Cualquier originalidad, incluso la que resulte de una vasta erudición, podría resultar comprometedora a largo plazo y quizás antes. No se oyen nombres propios, ni siquiera los nombres de los muertos (sólo Esquilo,[7] Byron,[8] Lawrence de Arabia[9] y gente así), ninguno suelta prenda. Se repliegan. Cierran filas. Actúan como conspiradores. En ocasiones, por provocar, hablo mal de alguien, de algún conocido en el mundo de los vivos, y entonces todos se apresuran a defenderlo. «Es una impresión errónea», me dicen. O se callan todavía más. No hay manera. Como en un retrato de grupo, todos quieren quedar bien.

Sucede que tengo mala reputación. Yo, la peor de todas,[10] en principio asumo el comportamiento de un analista o un padre confesor. Me aprovecho de las crisis existenciales, de las depresiones, de los arrebatos de cólera. De todo lo que generalmente las personas no pueden controlar, al menos en nuestro clima tan fogoso. Ofrezco confianza, complicidad, discreción, nunca advierto a mi interlocutor que cualquier palabra que pronuncie puede ser utilizada en su contra; regalo alguna de mis propias intimidades, la cual se trivializa en mi boca y

---

6 Es posible que ésta sea una referencia al drama de Antón Arrufat, *Los siete contra Tebas* (1968), el mismo título de la conocida tragedia de Esquilo. (Quizás, y quizás el personaje del viejo fue creado a imagen y semejanza de nuestro querido Antón, o, más bien, de cierto vislumbre de nuestro querido Antón que tenía yo a fines de los años noventa... ELP).

7 Esquilo (525 a. C.-456 a. C.), dramaturgo griego, luchó en varias batallas de la guerra contra los persas. (En la de Maratón y en la de Salamina, que se sepa. La de Queronea fue más de un siglo después, en época de Alejandro Magno, cuando ya los persas no andaban ni por todo aquello. ELP).

8 Lord Byron (1788-1824), poeta romántico inglés, autor de *Don Juan*. (Y también, creo, de su propio epitafio. ELP).

9 Se conoce por el nombre de Lawrence de Arabia a Thomas Edward Lawrence (1888-1935), un oficial del ejército británico que escribió sobre sus experiencias en la guerra contra el imperio otomano en el Medio Oriente. (No logro imaginarlo, después de la película de David Lean, si no es con la cara bella y la extrema flaquencia de Peter O'Toole. ELP).

10 Frase que se le atribuye a Sor Juana Inés de la Cruz (1648 ó 1651-1695) hacia el final de su vida cuando renunció a sus intereses literarios y científicos para dedicarse de lleno a la religión, instada por su confesor. Da título a una película de la realizadora argentina María Luisa Bemberg sobre la monja mexicana. (La uso en sentido irónico. Tal vez Sor Juana se sentía culpable de algo. La narradora de este cuento, no. ELP).

al instante deja de serlo. De ese modo, dicho sea de paso, he llegado a tener muy pocas intimidades (lo que no quiero que se sepa no se lo digo a *nadie* y hasta procuro olvidarlo), mi techo no es de vidrio.

Insisto: A ver, cuéntame de tu infancia, ¿tu padre era tiránico, opresivo? ¿Te pegaba? ¿Era cruel, verdad? ¿Cómo lo hacía? Vamos, cuéntame todos tus pecados, ¿a quién quisieras matar? ¿A quién matas cada noche antes de dormir? ¿Y en sueños? ¿Cómo lo haces? Y las personas hablan, claro que sí. Les encanta hablar de sí mismas. Se desahogan, descargan, delegan sus culpas en mí. Entonces los absuelvo, les digo que no son malos, los reconcilio consigo mismos, los ayudo a recuperar la paz.

Como es de suponer, en realidad no adelantan nada. Qué van a adelantar. Simplemente se vuelven adictos a mí, a mi inefable tolerancia. Conmigo, qué suerte, se puede hablar de cualquier cosa. Sé escuchar. No interrumpo, no condeno. La atención es una droga. Olvidan que en verdad no soy analista ni padre confesor. Peligrosa amnesia que procuro cultivar. Ellos se proyectan en mí, discurren cada vez con mayor soltura hasta que sale a relucir algún material significativo. Mientras más profundo es el sitio de donde proviene, más notable, más escalofriante es la revelación.

He ahí el momento: con ese material significativo –y algunos otros elementos tan secretos como el contenido preciso de una *nganga*[11]– escribo mis libros. Cuentos, relatos, novelas, siempre ficción. (Tal vez me gustaría escribir teatro, pero no sé por qué desconfío de los autores que incursionan a la vez en géneros distintos y hasta opuestos. Me he habituado a narrar.) Trabajo mucho, reviso y reviso cada frase, cada palabra. Reinvento, juego, asumo otras voces, muevo las sombras de un lado a otro como en un teatro de siluetas donde veinte manos delante de una vela pueden figurar un gallo, desdibujo algunos contornos, cambio nombres y fechas, pero, desde luego, los modelos siempre reconocen, en mis personajes y sus peripecias, sus propias imágenes. Que son sagradas, claro está. Qué falta de respeto.

Su ingenuidad resulta curiosa. No se percatan de que, al darse por enterados y poner el grito en el cielo, aportan a mis libros la imprescindible credibilidad que algunos lectores exigen y, de paso, me hacen

---

11 Término de origen bantú que se usa para denominar a los líderes espirituales de la religión y a ciertas ollas en las que residen los espíritus de los muertos. (Es el caldero donde los brujos paleros meten sus trabajitos misteriosos y poderosos. Aunque hoy día no se considera políticamente correcto llamar a esta gente «brujos», sino adeptos a la regla de Palo Monte, uno de los cultos afrocaribeños más populares en mi país. ELP).

tremenda propaganda –no hay nada como los trapos sucios para llamar la atención. Gratis. Tampoco entienden que dentro de cien años nadie que me lea, si aún me leen (ojalá), los va a reconocer. Y si los reconocen, será porque de un modo u otro han accedido por lo menos a un trocito de gloria. No digo que debieran estar agradecidos; no digo que los rostros de los Médicis son aquellos que les inventó Miguel Ángel y no otros,[12] porque la verdad es que suena demasiado soberbio, justo el tipo de cosa que se me ocurre no debo decirle a *nadie*.

Los lectores ajenos a los círculos literarios –son ésos los que más me gustan– se asombran de mi desbordante y pervertida imaginación: ¿Cómo es posible crear tantos y tales monstruos? ¿De dónde salen? Si supieran... Creo que algunos ya andan investigando por ahí.

Los escandalitos van y vienen; me acusan a la vez de oficialista y de disidente de un montón de causas; como tienden a hacer de todo una cuestión política, según las filias y las fobias de cada uno, me ponen lo mismo en la extrema izquierda que en la extrema derecha. Lo que sea, ¿acaso el dominico Fra Angelico no pintó a los franciscanos en el infierno?[13] Bien pudo ser al revés. Me atribuyen unas ideas sobre el ser humano y eso, que ni siquiera comprendo muy bien, pues no acostumbro a pensar en términos de semejante envergadura –más que la especie, me interesan los individuos y, sobre todo, los individuos que me rodean. Me acusan de falta de creatividad, de resentida y envidiosa; intentan bloquear mis relaciones de negocios –de vez en cuando lo logran: un simple comentario delante de eso que llamo «el lector poderoso» puede resultar demoledor–; recibo amenazas por teléfono, a mi oficina en la editorial llegan constantemente anónimos plagados de injurias firmados por «La Espátula» y «La Mano Que Coge», me echan brujerías de todo tipo, en fin, lo de siempre.

A pesar de que en las «entrevistas» nunca uso grabadora (mi memoria para estos asuntos es excelente, puedo recordar durante años un dato al parecer insignificante), ninguno de mis modelos ha in-

12 Miguel Ángel (1475-1564) diseñó la capilla de los Médicis en Florencia, incluyendo las tumbas donde colocó estatuas de miembros de dicha familia. Dotó a las figuras de atributos heroicos que no poseían en la realidad. (¡Otro Michelangelo! Pero este sí que me gusta. Igual que a Giuliano, Lorenzo y Cosme, quienes quedaron encantadísimos con sus respectivas estatuas. ELP).

13 Referencia al cuadro *In Giudizio Universale* (El juicio universal), pintado alrededor de 1431, de Fra Angelico, pintor de principios del renacimiento italiano. (Muy espiritual, muy hermoso. Ahora, lo de pintar a los franciscanos en el infierno siempre me ha parecido un magnífico chiste del buen fraile. ELP).

tentado hasta el momento desmentirme por escrito. No importaría si lo hicieran: mis versiones son más dignas de crédito en virtud del aforismo maquiavélico que dice «piensa mal y acertarás». Lo esencial es que nadie se atreve a demandarme, porque las zonas más truculentas de esas historias, las zonas más envenenadas y denigrantes, no las escribo, no les doy curso. Me las reservo como garantía, como la última bala en el tambor. Eso se llama chantaje y es eficaz.

Sé que un día me van a asesinar y a veces me pregunto quién, cuál el último rostro que me será dado ver.

Pero esta noche es especial. No persigo los crímenes recónditos ni los alucinantes fraudes o las traiciones o los pequeños actos mezquinos que pueblan la historia universal de la infamia. No provoco. Descanso. La inquietante proximidad del viejo de alguna manera me hace feliz. Siento la mirada fija de su amante clavada en mi espalda y eso me complace más. Me impide soñar que las cosas son diferentes. Ese muchacho no podrá concentrarse hoy en el vaso de ron ni en la conversación deshilachada que sostienen los demás ahí dentro, no podrá.

—Después de la segunda botella te pones insoportable –ha sentenciado el viejo.

Desde el balcón se divisa una callejuela tranquila. Estrecha, sucia hasta en la oscuridad, con el pavimento roto y charcos y fanguizales por todas partes. Como si se hubiese decretado un toque de queda, hoy ni los vecinos quieren alborotar. Del fondo de la casa llegan los boleros de siempre y un ligero ruido ambiental de cristales que chocan, fósforos que se encienden y crepitan, susurros similares al del océano que habita en los caracoles, risitas fúnebres. El gato se frota contra el viejo, se enreda a sus pies en un ovillo peludo. El viejo baja la vista, advierte que es sólo un gato y lo deja hacer.

El fresco nocturno me rescata un poco de los furores de nuestro septiembre ardiente, mientras el ron, incitante y áspero, me acaricia por dentro. Pienso en Amelia. Los viernes, de cinco a siete, en la habitación de los altos de su taller. Divina. Ella no habla casi porque hablar –afirma– le provoca dolor de cabeza y porque de todos modos –sonríe lánguida– no tiene mucho que decir. Al menos no con palabras. Pienso que la amo.

Por allá dentro flota una voz apagada, casi anónima entre las otras voces: *Recuerdas tú, aquella tarde gris / en el balcón aquel, donde te conocí...* [14] Puede ser el bolero que ya pasó o el que está por venir. El mismo que oigo, a retazos, durante toda la noche.

El muchacho, lo presiento, trata de llamar la atención como si tuviera que recobrar algo, como si hubiese algo por recobrar. Sube el volumen. Está loco, febrilmente loco por el viejo y eso se entiende. Aunque podría hacerlo, no se acerca a nosotros.

—Él dice que tú le coqueteas –me ha advertido con el entrecejo fruncido como si dudara entre la risa y el enojo–. Ten cuidado.

—¿Y qué piensa? –he preguntado supongo que ansiosa–. ¿Le gusta? ¿Le gusto?

—No sé –de pronto ha gritado–. ¡No sé!

—¿Qué crees tú? –he insistido casi con ternura–. Tú lo conoces mucho mejor que yo. Bueno, en realidad yo no lo conozco nada. ¿Qué crees tú?

—Yo no creo nada –su voz ha sonado tensa, cargada de lúgubres premoniciones–. Tú te volviste loca. Loca de remate. Vas a sufrir...

—¿Igual que tú?

Ha vuelto a mirarme fijo y sus ojos grises parecen dos punzones de acero. Susurra:

—Yo te mato, ¿entiendes? Yo te mato.

He acariciado su mejilla hirsuta resbalando desde la sien hasta el mentón (tiene un hoyito, como Kirk Douglas)[15] y allí mis dedos se han detenido en una imitación casi natural de las figuras de cierta cerámica griega muy antigua. En la vasija original, tan auténtica como la página de un libro, aparecían dos muchachas. Fondo rojizo, siluetas negras. Una acariciaba la mejilla de la otra de esa misma manera y el pie de grabado aseguraba que se trataba de un gesto típicamente homosexual.

He tocado su frente y no ha hecho nada por impedirlo. Ni siquiera se ha movido. Arde en fiebre.

—Eres una puta.

---

14 Versos del bolero de Leopoldo Ulloa titulado «En el balcón aquel». Otros versos del mismo bolero se intercalan a través del cuento. (Mi bolero favorito. O uno de ellos. ELP).

15 Actor norteamericano de cine nacido en 1916. (Lo recuerdo como Doc Holliday, sobre todo, y también como Espartaco. No fue tan buen actor como su hijo Michael, pero sin duda mucho más carismático. ELP).

Es interesante que me considere un rival, pienso, aunque sólo sea por instantes y después se diga que no, que no hay peligro. El mundo pertenece a los hombres y todavía más a ciertos hombres, ya lo dijo Platón.[16] ¿Una mujer? Bah.

Pienso en Amelia mientras observo el rostro del viejo, quien todo este tiempo ha estado divagando despacioso y algo frívolo sobre la importancia de los balcones y las terrazas en la vida de la gente. *Recuerdas tú, la luna se asomó / para mirar feliz nuestra escena de amor...* Ambas imágenes se yuxtaponen, el viejo y Amelia. Se cruzan. Parecen fundidas sin sutura, como las mitades de Bibi Andersson y Liv Ullman en el famoso primer plano de *Persona.*[17] Quizás el deseo pone en entredicho las identidades, porque el viejo y Amelia se integran en una sola cara y no es el ron ni el aire de la noche.

Como aquella vez que lo vi desde mi oficina. Él estaba de pie en el pasillo, diciéndole malevolencias a alguien, como siempre, tirando piedras. (Afirma que eso de atacar al prójimo no luce bien a su edad; supongo, pues, que no puede resistir la tentación de ejercitar el ingenio a costa de los demás: no debe ser fácil renunciar a un hábito tan añejo. Muchos le temen y eso lo divierte.) En aquel tiempo él aún no tenía noticias de mí. Nada, una muchacha ahí, una muchacha cualquiera. Pero yo, desde mucho antes, llevaba siempre en mi cartera una foto suya recortada de una revista. Una foto de archivo, treinta años atrás, un joven bellísimo frente a una máquina de escribir. Amelia lo encuentra vulgar, de lo más corriente, pero ella no sabe nada de hombres.

Ese día lo detallé desde la sombra, sin moverme de mi asiento, para descubrir al fin la rara discrepancia entre sus rasgos y sus pretensiones. Nariz corta, respingadita, graciosa. Labios llenos, sensuales, voluntariosos. Ojos soñadores, pestañas largas, abundante pelo blanco. ¿Es ésa la cara de un viejo cínico que no cree –ni descree– en nada ni en nadie? En el siglo XIX se creía que el rostro era el espejo del alma...

El viejo se aparta del balcón, donde ha permanecido quizás el

---

16 Filósofo y matemático griego que vivió entre 428/427 a. C.- 348/347 a. C. Fue discípulo de Sócrates. (Y también fue campeón de pancracio, un deporte de combate violentísimo, el plato fuerte de las Olimpiadas de por aquel entonces. Se llamaba Aristocles, Platón es un apodo que significa «el de la espalda ancha». Su *Apología de Sócrates* es uno de los textos más conmovedores que he leído en mi vida. ELP).

17 Filme de 1966 del director sueco Ingmar Bergman. (No tan impactante para mí como *El séptimo sello*, o como *Fanny y Alexander*. Lo vi hace miles de años y todo lo que recuerdo es ese primer plano. ELP).

tiempo necesario –y suficiente– para convencer no sé a quién de la soberana indiferencia que le inspiro. Como si yo fuera el mismísimo fresco de la noche, algo que pasa. A mí, por ejemplo, ni siquiera hay que decirme que después de la segunda botella me pongo insoportable: da lo mismo y, además, lo cierto es que no necesito alcohol para ponerme insoportable en cualquier momento: es mi oficio. El muchacho, en cambio, cuando no bebe es bastante simpático.

La espectacular indiferencia del viejo me convence a ratos (y lo que es peor, me pone triste), sobre todo cuando olvido que no mirar es mirar, que la persona que te ignora puede hacerlo porque sabe justamente dónde estás a cada instante. Supongo que sea así, pues en realidad no guardo memoria de haber ignorado jamás a nadie. ¿Cómo pretender que no existe lo que a todas luces sí existe? ¿Solipsismo? ¿Pensamiento mágico? No sé, pero tampoco ahora puedo dejar de seguir al viejo hasta el sillón donde se deja caer.

La mirada del muchacho –¿sorpresa?, ¿interés?, ¿miedo?– tampoco puede dejar de seguirme a mí. Todo lo contrario de la indiferencia, su intensidad es tal que en ella se pierden los matices. Me envuelve, me quema, me atraviesa. Es una mirada que conozco al menos en su incertidumbre: he buscado en ella a mi asesino y no lo he encontrado. Qué bueno. Pero de todas maneras podría ser él, pues los asesinos, ya se sabe, no tienen necesariamente que tener miradas de asesinos. Muchos ni siquiera saben que lo serán, que ya lo son. Al igual que la víctima, se enteran a última hora. Cuando las emociones se precipitan y se escurren entre los dedos.

El viejo se mece en el sillón de lo más contento. La casa es del muchacho, pero los sillones los ha comprado el viejo (he ahí la clase de detalles, domésticos si se quiere, que siempre alguien me cuenta) porque viene de visita casi todas las tardes y le encanta mecerse. ¿Qué otra cosa se puede hacer a mi edad? –es lo que dice. Y sonríe igual que Amelia cuando se describe a sí misma como una tímida cosita que pinta tímidas naturalezas, vivas y muertas.

Me siento en una butaca frente a él. No dejo de observarlo. Por variar, mi insistencia no lo sobresalta. No me mira como se mira a las personas empalagosas y demostrativas. Incluso me asombra no advertir en él la más mínima inquietud. Sonríe otra vez. No sé, en lo absurdo también debería quedar un rincón para la coherencia...

Ambos hemos leído recientemente esas páginas chismosas de *A Common Life* (Simon & Schuster, 1994) donde David Laskin se extiende y se regodea en el amor desolado que durante largo tiempo profesó Carson McCullers,[18] la maliciosa chiquita del cazador solitario, el ojo dorado y el café triste, a Katherine Anne Porter.[19] Una pasión a primera vista que de manera perversa fue derivando hacia un asedio compulsivo, abierto, irresistible, maniático. Tal vez Carson también aprendía de los cactos. Sus torturadas demandas inexorablemente fueron retribuidas con patadas y más patadas, desprecios y desplantes de todo tipo, con un odio que se me antoja inexplicable. Tan inexplicable y profundo como el amor (la diferencia) que lo había suscitado.

—Nada de inexplicable –me dijo el viejo–. McCullers la perseguía, la molestaba y nadie tiene por qué aguantar eso.

Sí, claro, sobre todo si estás en los calores de la menopausia y los hombres no te quieren y las deudas te llegan al cuello y tus libros no tienen el éxito de los de tu perseguidora. Si, encima, te asustan las lesbianas, tú sabrás por qué.

Yo pensaba sentada en el suelo (él, por supuesto, en el sillón) y anoté que al viejo le disgustaba la vehemencia, el homenaje abrumador, la exuberancia intempestiva y desbordada de quien se lanza en pos de sus fantasías sin contar para nada con el protagonista de éstas. Un escritor no quiere ser descrito tan sólo como el objeto del deseo (admiración, ambición) de otro escritor. Un deseo furioso puede llegar a ser anulador –Katherine Anne: la deplorable mujercita que rechazó a Carson–, un escritor aspira a existir por sí mismo. Qué cosa.

Desde el suelo me preguntaba si el fuerte atractivo que el viejo ejercía sobre mí podría arrastrarme alguna vez a los extremos de Carson. Aparecérmele en todas partes con cara de sufrimiento, de perro apaleado. Llamarlo todos los días por teléfono –lo he llamado tres o cuatro veces y nunca reconozco su voz en el primer momento, la plenitud de su voz, el registro grave, me recuerda más bien al joven

---

18 Escritora norteamericana (1917-1967) cuya obra incluye la novela *The Heart is a Lonely Hunter* (El corazón es un cazador solitario). (Desenfadada, explosiva, humorista a veces y otras veces trágica, bebedora fuerte, bisexual, atrevida, medio loquita, en fin, estupenda. Sólo que de lejos. ELP)

19 Escritora norteamericana (1890-1980), ganadora del Premio Pulitzer por sus cuentos. (Aristócrata sureña, bella, talentosa y pariente de O. Henry, el escritor asaltante de bancos, oveja negra de la familia, a quien ella admiraba en secreto. Y yo también, je je. ELP)

de la foto en mi cartera, siempre me dice «gracias por llamarme»–, llamarlo no para preguntar por un conocido, por una fecha, no para hablar del tiempo, las yagrumas[20] o nuestras inclinaciones aristocratizantes: a ambos nos gustaría poseer un título de nobleza, somos así. No, llamarlo para decirle que no hago más que pensar en él. Que me voy a suicidar y suya será la culpa. Acercar el auricular al tocadiscos: *Yo te miré / y en un beso febril / que nos dimos tú y yo / sellamos nuestro amor...* Obligarlo a cambiar su número, pesquisar el nuevo número. Volver a llamarlo. Mandarle cartas. Insistir, insistir hasta el vértigo. Perseguirlo hasta su casa, gemir, dar golpes enloquecidos en la puerta como en una habitación de la torre de Yaddo[21]: «Katherine Anne, te quiero, déjame entrar». Permanecer tirada en el quicio toda la noche hasta que él salga y pase por encima de mi cuerpo... No me importaría hacerlo, pensaba. ¿Y a él? ¿Le importaría a él que yo lo hiciera? Quién sabe.

Todavía no he llegado a ese punto.

Por lo pronto me dejo llevar, no hago el menor esfuerzo por ahogar el impulso de seguirlo, mirarlo, permanecer junto a él: encantador de serpientes. Sublime encantador que mueve las manos mientras habla –de su árbol preferido: la yagruma, se cubre de metáforas– como si dirigiera una orquesta sinfónica. El mismo gesto demorado que le he visto hacer en la televisión, donde lo creí un truco de cámara. (Conozco a la directora del programa, he estado pensando en ir a pedirle, de un modo muy confidencial, que me permita sacar una copia del video. Lo peor que puede suceder es que diga no.)

Mi atención no le molesta. Ahora lo sé. Más bien creo saberlo. ¿Cómo le va a molestar a un encantador la atención de una serpiente?

Soy discreta, no hago locuras. Soy discreta de una manera pública: todos a nuestro alrededor ya van advirtiendo lo que ocurre. No hay que ser demasiado perspicaz para darse cuenta de que el viejo, a menudo ríspido, agresivo, negador –cuando se empeña en demoler a

---

20 *Yagruma*: Árbol originario de Cuba. Hay machos, de flores blancas, y hembras, de flores rosadas con visos amarillos. (Frente a mi casa hay una hembra. Sospecho que ha de sentirse muy solitaria, pues no hay ningún macho, ni tampoco otras hembras, por todos los alrededores. ELP).

21 Comunidad de artistas ubicada en Saratoga Springs, Nueva York. Fue fundada en 1900. Además de McCullers y Porter, entre los escritores que han residido en Yaddo se encuentran Truman Capote, James Baldwin, Patricia Highsmith, Saul Bellow y Sylvia Plath. (Me gustaría aterrizar algún día por ahí. Con un par de amigos, en primavera y sin angustia. ELP).

alguien, ya lo dije, lo que sale por su boca es vitriolo–, se comporta esta noche como un *gentleman.* Exquisito, elegante, sereno. Cuando abre y cierra el abanico, su enorme abanico oscuro, una dama de sangre azul, la marquesa de las amistades peligrosas.[22] Y ese personaje, el de los chistes blancos y la sonrisa fácil, el que acomoda mi silla y me cede el paso, el que ha servido los postres con envidiable soltura (en la mesa siempre nos sentamos frente a frente y casi no puedo comer), le va de maravilla. Algo tan evidente no debe ser importante, este viejo es un hipócrita de siete suelas, un jesuita que sabe más que el diablo y se protege de los zarpazos de la bandidita, es lo que leo en las demás caras y me complace.

«No hago locuras» quiere decir que no convierto mi ansiedad en secreto. No podría hacerlo aunque quisiera, pero basta con exhibirla para dar la impresión de ser una persona muy segura de mí misma, una persona sobre quien resbalan las opiniones, los comentarios ajenos. De cierta forma es verdad: mi imagen pública difícilmente podría ser peor de lo que ya es. Hoy sólo me preocupa el reconocimiento, la aprobación del viejo. El calor es suficiente para desabrochar un primer botón, sacarme el pelo de la cara, cruzar las piernas y la falda sube. Estoy sentada frente al viejo y vuelvo a pensar en Amelia, quien se marcha muy pronto a París con una beca por dos años de la *École de Beaux-Arts.* Naturalezas vivas, espléndidas, regias naturalezas. La falda es roja, breve sin incomodar. (En momentos así es cuando pienso que yo nunca sabría llevar un título nobiliario como un personaje de Proust[23] le recomienda a otro: igual que *lady* Hamilton[24] tengo alma de cabaretera.) La blusa es gris como esos ojos

22 En *Les Liaisons dangeureuses* (Las amistades peligrosas), novela epistolar de Pierre Choderlos de Laclos (1741-1803), la Marquesa de Merteuil conspira con el Vizconde de Valmont en torno a la venganza y la seducción. Algunos consideran a Choderlos de Laclos tan escandaloso y decadente como el Marqués de Sade. (Nunca me gustó Glenn Close para el personaje de la Marquesa, tal como aparece en la película de Stephen Frears de 1988 basada en esa novela. Se supone que Madame de Merteuil le hace creer al mundo durante largo tiempo que ella es inocente y bondadosa. ¿Cómo hubiera podido lograrlo con semejante jeta? Qué va. Siempre la he imaginado con el rostro sereno y las facciones equilibradas de Juliette Binoche. ELP).

23 Marcel Proust (1871-1922), novelista francés, autor de *À la recherche du temps perdu* (En busca del tiempo perdido). (Muchos de sus personajes están basados, a veces al descaro, en gente de la vida real. Son muy hipócritas los que se proclaman fans del *petit* Marcel y a la vez condenan esa práctica en otros escritores, menos célebres y aún vivos. ELP).

24 Lady Hamilton (1761-1815), de origen humilde, tuvo una vida disoluta en Londres como prostituta y dama de compañía. Se casó con Sir William Hamilton, y fue amante de Lord Nelson y musa de George Romney. (Tenía el pelo sucio, o al menos eso afirmaba Lady Nelson. ELP).

que me vigilan entre fascinados y sombríos. Fascinados no conmigo, sino con el conjunto. El viejo y yo.

Cómo me gusta decirlo: el viejo y yo.

–¿Tú quieres algo con él y conmigo? –me ha preguntado el muchacho, conciliador.

–No –le he respondido suavemente–. Sólo con él.

–Eso no va a ocurrir nunca —me ha dicho irritado—. Y si quieres te digo por qué...

–¿Tienes muchas ganas de decirme por qué?

–Yo... este... No, mejor no.

El viejo y yo conversamos. Es decir, parece que conversamos. Le pregunto algo sobre uno de sus libros. La biografía de un amigo muerto, uno de los verdaderos, un lindo libro donde el viejo se ha mostrado particularmente eficiente a la hora de escamotear detalles. ¿Buen tono? ¿Temor? ¿Censura? Me gustaría interrogarlo en el estilo de un *paparazzo* o un fiscal, en el estilo de Sócrates,[25] enredarlo con su propia cuerda, hacerlo caer en contradicciones. Me gustaría verlo evadirse, sortear todos los obstáculos y pasar a la ofensiva. Me gustaría contradecirme yo y tocar su pelo blanco, apoyar un pie descalzo en su rodilla, todo a la vez y sé que no es el momento. Nunca será el momento, ¿no es eso lo que me han dicho? En medio de una charla de salón me seduce la imposibilidad.

—Nadie es como era él –afirma el viejo con una tristeza que no le conocía–. Nadie.

Y no es la amistad entre escritores ni la cita de Montaigne.[26] Es el pasado. Su reino.

La madre del muchacho nos trae café en unas tacitas de porcelana azul con sus respectivos platicos también azules. Todo de lo más tierno, como jugando a ser una familia. Me sonríe. Le sonrío. El viejo coge la tacita en un gesto maquinal, ensimismado. Quizás piensa to-

---

25 Sócrates (469 a. C.-399 a. C), uno de los fundadores de la filosofía occidental, se distinguió por su método, gracias al cual se llega a dilucidar un problema a través de preguntas. (Jamás escribió una letra. Pienso en eso y me da la impresión de que era un tipo muy inteligente. ELP).

26 Michel de Montaigne (1533-1592), influyente escritor francés del renacimiento, autor de *Essais* (Ensayos). (Disfrutaba mucho escribiendo y nunca leyó nada por obligación. Estoy totalmente de acuerdo. Opino que la escritura torturada y las lecturas obligatorias son nocivas para la salud. ELP).

davía en el muerto, un muerto que le sirve para descalificar al resto de la humanidad conocida y por conocer. Empezando por mí, desde luego, que no soy como era él. Para nada. Es lógico, pero me incomoda.

Pienso en la madre del muchacho, Normita. Una excelente cocinera que tiende a apurarnos cuando el muchacho y yo nos demoramos ochenta años en pelar las papas o escoger el arroz, una excelente señora en sentido general. Es viuda y vive en un pueblo del interior, sola en una casa muy amplia. Ahora está de visita por un par de semanas o algo así –para el muchacho su presencia constituye un alivio, imagino por qué, la llama Normita en lugar de mamá–, pero se irá pronto, pues no soporta vivir lejos de su casa y su tranquilidad en este manicomio que es La Habana.

Hemos descubierto (o construido) entre nosotras una afinidad peculiar. Me cuenta deliciosas anécdotas sobre la infancia de su hijo para horror de él. Se ríe. «Ponme en una de tus novelas», me dice y vuelve a reírse. «Así no vale, Normita», le digo. Es Escorpión, igual que yo, y dice que la gente tiene muchos prejuicios con los escorpiones, que en el fondo somos buenas personas. Si de verdad ella piensa que soy una buena persona, cosa que me resisto a creer, no sé qué prejuicio en esta vida puede quedarle a Normita. Pero siempre es reconfortante tener a alguien que le diga eso a uno. ¡Si lo sabré yo!

Me ha invitado a irme con ella cuando regrese a su casa. O después si lo prefiero. Necesito respirar aire puro, ya que, en su opinión, estoy medio chiflada. Probablemente aceptaré. Quizás me resulte lacerante pasar por la calle de Amelia los viernes de cinco a siete y ver el taller cerrado a cal y canto. No estoy segura, pero es muy posible. Habrá que esperar a ver. Porque han sido años, casi desde que éramos adolescentes, Amelia conoce mi cuerpo como nadie... y de pronto ¡zas! Sí, yo también me iré. Dentro de poco hago así y cobro los derechos del último libro, pido vacaciones en la editorial (los anónimos que vayan llegando me los pueden guardar, a veces son utilizables), le doy todo el dinero a Normita y me instalo por tiempo indefinido en un pueblo del interior. Mis cactos y mis modelos pueden sobrevivir sin mí. No creo que me necesiten demasiado ni yo a ellos. ¿Podría escribir un libro enteramente de ficción? ¿Acaso puede existir semejante libro? No lo sé. Tal vez sería la mejor solución para todos, no lo sé.

El viejo y yo hemos estado hablando del placer que produce acostarse boca arriba en la cama en el silencio en una tarde apacible y divagar. Deshacer los lazos que nos atan al mundo, dejarnos fluir en la soledad que de algún modo ya hemos aceptado.

El muchacho se acerca a nosotros con el sempiterno vaso de ron en la mano. El viejo desaprueba con los ojos. El muchacho lo enfrenta retador. Pienso que el muchacho podría hacer algo desesperado en cualquier momento. Algo tan desesperado como el silencio que se empeña en mantener o la ferocidad de sus réplicas aisladas y no muy pertinentes.

Divagar. Las imágenes se suceden unas a otras, se interponen, se entrelazan. Imágenes visuales, auditivas, aromáticas. Procedentes lo mismo de los libros, el cine o la música, que de ese *eidos*[27] con límites borrosos –esfumados como el *background* de Monna Lisa–[28] que por convención suele llamarse «la vida real». Una vida, a veces no tan cierta, que no sólo incluye los viajes, el momento indescriptible en que se descubre desde el avión cómo se alza vertiginosa Manhattan entre un mar de neblina, o el ronroneo sobrecogedor del primer vuelo sobre el Atlántico o las blancas cimas de los Andes. Una vida que también abarca, como *miss* Liberty o el Cristo de Río, la cotidianidad en apariencia más intrascendente, con sus afectos y desprecios, con sus pasiones anónimas de pronto tan, pero tan, inmersas en lo ficticio, en la fábula.

Porque mi mundo interior es impuro e inmediato, casi palpable, quienes me odian dicen que no lo tengo, pienso.

Pero no menciono eso último por no perturbar al viejo, quien comprende y acepta y hasta participa de mi misma noción de divagar. Después de todo, quienes me odian son sus amigos. Con ellos comparte complicidades, credos estéticos, historias vividas; con ellos tiene compromisos. Esos mismos que le impidieron hacer la presentación de mi primera novela, donde me río un poquito de ellos (más de lo que sus egos hipersensibles pueden soportar, qué horrendo delito), les

---

27 Palabra griega que denota la noción de forma, figura o idea. En la filosofía de Platón, es lo que dota de inteligibilidad a los objetos materiales. (No me acusen de pedante, por favor. Cuando escribí este cuento recién me había graduado de Lenguas y Literaturas Clásicas, leía con soltura en griego antiguo y estaba tan fascinada con esa lengua como el Adriano de Yourcenar. Hoy día he perdido un poco la práctica, pero sigo pensando que lo mejor que han escrito los hombres lo han escrito en griego. ELP).

28 Título del famoso cuadro de Leonardo da Vinci, también llamado *La Gioconda*. (La vi en el Louvre hace algunos años. Y no es cáscara de coco. Impresiona de verdad. ELP).

saco la lengua y les guiño el ojo. Sé que ellos no significan para el viejo ni remotamente lo que significó el muerto. Porque nadie es como era él, nadie. ¿No es así como decía? Sé que el viejo está solo, que no lo olvida y siente miedo. Que los compromisos son los compromisos. Por esa razón, y no por aquella otra que con aire freudiano insinuaba el muchacho, entre el viejo y yo no puede suceder nada. He llegado demasiado tarde. Hay un muro.

No quiero introducir asuntos espinosos ahora que nuestra divagación sobre la divagación, más allá de rencillas y despropósitos, fluye tan armoniosamente.

—Ustedes, ya que son tan cínicos, tan lengüinos[29], deberían discutir... ¿Por qué no se enfrentan? –sugiere el muchacho y el viejo se hace el sordo.

—Estamos discutiendo, lo que pasa es que tú no te das cuenta –comento y el viejo sonríe.

¡Ay viejo! Querría decirte que a mí también me gusta tu muerto –quizás menos que a ti: prefiero el teatro de O'Neill,[30] su largo viaje del día hacia la noche es único, es genial, es incomparable desde cualquier punto de vista y tu muerto debió saberlo–, querría decirte que me gusta sobre todo la relación que hubo, que hay, entre ustedes, un viejo y un muerto, que me fascina tal y como la describes en tu libro, que los envidio a los dos porque yo nunca tuve amigos así...

Voy a hablar y el muchacho me interrumpe en el primer aliento para decir que la divagación no es lo que creemos nosotros, sino un concepto muy diferente, relacionado con el sexo o algo por el estilo. No lo entiendo bien. Habla como si no pudiera evitarlo, como si las palabras salieran por su boca en un chorro a presión. Es un hombre desmesurado, violento, pienso no sé por qué. El viejo hace un gesto de impaciencia:

—Sigue tú con tus divagaciones y déjanos a nosotros con las nuestras –dice en voz baja.

---

29 *Lengüino*: Cubanismo que significa parlanchín, indiscreto al hablar o ingenioso en la réplica. (A veces me han tildado de lengüina por lo del ingenio en la réplica. Se supone que es un elogio. Pero la palabreja no acaba de gustarme, ya que me suena ambigua y también podría ser un insulto. Por eso he respondido que más lengüino lo serás tú. ELP).

30 Eugene O'Neill (1888-1953), prolífico dramaturgo norteamericano, ganador del Premio Nobel de literatura y autor de *Long Day's Journey Into Night* (Largo viaje del día hacia la noche), obra escrita en 1941. (El muerto de este cuento podría ser Virgilio Piñera, gran amigo de nuestro querido Antón. Una vez la crítica lo llamó «el O'Neill del Caribe», o alguna zarandaja por el estilo, y él rechazó el elogio con una soberbia rayana en el ridículo. Piñera tenía mucho talento para la dramaturgia, cómo no, pero no la fuerza ni la autenticidad ni el coraje de O'Neill. ELP).

¿Las nuestras? ¿Las nuestras ha dicho? ¿Existe entonces algo que el viejo y yo podemos designar como nuestro, aunque no sea más que la imposible suma de dos soledades? Tal vez lo ha dicho para mortificar a su amante. Alguien tan entrometido probablemente se merece que lo aparten de vez en cuando, al menos un par de milímetros.

Ellos, pienso, deben estar acostumbrados el uno al otro (como Amelia y yo) con sus necesarios, vitales, imprescindibles conflictos; eso se les ve. El viejo me utiliza. Pero no me importa: que haga lo que quiera, lo que pueda.

Porque me han contado que en una tarde bien tranquila, de ésas que invitan a la siesta y a la divagación, el viejo se apareció en esta misma casa, todo agitado, con un ejemplar de mi primera novela en la mano. Se la tendió al muchacho y le dijo busca la página tal y lee, lee en voz alta. Y el muchacho le dijo ¿no quieres té?, ¿por qué no te sientas? Y el viejo le dijo lee, vamos, lee, como quien dice pellízcame a ver si no estoy soñando. Y el muchacho leyó. Unas diez páginas, en voz alta.

Me han contado que el viejo, alegre y sombrío, caminaba de un lado a otro, se alteraba, se reía, se ahogaba, volvía a reírse, a carcajadas, se tocaba el pecho, pedía agua. Un desorden de emociones, el nacimiento de una nueva ambivalencia. ¿Tú has visto qué mujer más mala? No, no es buena. Lo peor es que todo esto (el muchacho señalaba el libro abierto como un pájaro con las alas desplegadas, como el diablo de Akutagawa[31]) es verdad. Malintencionado sí, pero falso no es... ¡Un poco más y pone hasta los nombres de la gente con segundo apellido y todo! No, lo peor no es eso (el viejo hablaba despacio, saboreando las palabras). ¿Qué es lo peor? Lo peor es que ese librejo infame está bien escrito. Mira tú qué clase de oxímoron. Lo peor es que me gusta y que esta mujer perversa hasta me cae simpática... (Me seduce imaginar al viejo, con su voz tan envolvente, susurrándome al oído muchas veces la frase «mujer perversa, mujer perversa». Yo me erizo.) Sí, a mí también, pero te juro que no quisiera verme en el lugar de esta gente. ¿Cómo se habrá enterado ella de cosas tan íntimas, eh?

31 Ryūnosuke Akutagawa (1892-1927), maestro del relato breve japonés, explora en su obra el lado oscuro de la naturaleza humana. (Lo «descubrí» muy jovencita, después de ver la película *Rashomón*, de Akira Kurosawa, basada en dos relatos suyos. Es un cuentista formidable. La imagen del diablo metamorfoseado en libro aparece al final de su cuento «Ogin». Cuando se suicidó, por miedo a la locura, Akutagawa era un año menor de lo que yo soy ahora. Sin embargo, para mí sigue siendo el maestro, el más sabio, el hermano mayor. Y siempre lo será. ELP).

Ignoro si la escena transcurrió exactamente así. Lo anterior es un esbozo tentativo, más o menos tragicómico. Pero en esencia fue así y así la concibo tomando en cuenta los hechos posteriores: a partir de entonces mis relaciones con el viejo, que antes apenas existían, se convirtieron en una diplomática sucesión de espacios vacíos, en una fila versallesca de puertas cerradas o entreabiertas, con celosías y el año pasado en Marienbad.[32]

Ahora, cuando dice «nuestras» y me envuelve en ese plural excluyente, de alguna manera me acerca. No sé. No es fácil interpretar al viejo –mi próximo libro, el que escribiré en casa de Normita, podría llamarse *El viejo. An Introduction*, y se lo enseño cuando aún esté en planas, no vaya a ser que le dé un infarto ante tal muestra de amor–, sólo siento que me acerca. Mejor aún, que ya estoy cerca aunque él no lo diga. ¿Qué puede importarme si de paso me utiliza para fastidiar un poco al muchacho?

Permanecemos los tres en silencio. Normita y los otros conversan, toman café y fuman como si no estuviera ocurriendo nada. Quizás no está ocurriendo nada y sólo existe una persona, yo, colocada ahí para discurrir, suponer, para inventar historias sobre la gente y cada día buscarse un enemigo más. Una enredadora profesional.

Miro al viejo, él me mira. Le sonrío, me sonríe. Cualquiera diría que somos un par de idiotas. Como si hubiese escuchado mis pensamientos, él se levanta y, en el tono más natural que ha podido encontrar, dice que se va. En mi cara algo debe haber de súplica (esa expresión no la necesito para mi trabajo, pero también la he ensayado frente al espejo, por si acaso se presentaba alguna coyuntura imprevista y aquí está), pues me explica, como a un niño chiquito, que ya es muy tarde, que ha permanecido incluso más tiempo que de costumbre. Que él es una persona mayor (un viejo) y no debe trasnochar, a su edad los excesos son peligrosos.

¡A mí con ésas! Pienso que le gusta aparecer y desaparecer, darse poco, a pedacitos, escurrirse entre las bambalinas y el humo de la ambientación, detrás de su enorme abanico oscuro como la diva más se-

32 Referencia a la novela *La Jalousie* (La celosía), publicada en 1957, y al guión para la película *L'Année dernière à Marienbad* (El año pasado en Marienbad), dado a conocer en 1961, ambos de Alain Robbe-Grillet. El filme lo dirigió Alain Resnais. (A cual de los dos más indigerible. Demasiado artificio en el guión, demasiados plátanos en la novela. ELP).

ductora. No tiene apuro y yo, que soy joven, tampoco debería tenerlo. Pero la edad no constituye ninguna garantía acerca de quién va a morir primero. Lo inesperado acecha y nos hace mortales de repente, nunca lo olvido. Como la gente abanderada del sesenta y ocho, quiero el mundo y lo quiero ahora.

No sé de qué forma lo miro, porque sus ojos brillan y vuelven a soñar a pesar del cansancio, de nuevo se transforma en el joven de la foto en mi cartera cuando se aproxima, y él (el joven, el viejo, él), que nunca me ha tocado ni con el pétalo de una flor, ni con la púa de un cacto, él, que se inquieta y hace muecas de pájaro incómodo cuando penetro en su aura, se inclina y me besa en la boca. Bueno, más bien en la comisura, pero pudo ser un error de cálculo, un levísimo desencuentro. Me besa como alguien que se despide y quiere dejar un sello. O como alguien que flirtea sin comprometerse, que juega a alimentar una pasión no correspondida. O como alguien que simplemente se siente bien. Como Peter Pan y Wendy, el último de los cuentos de hadas.[33]

Es sabia la idea de perderse ahora, pienso.

No sé si el muchacho ha notado el gesto, es igual. Ellos intercambian algunas palabras que no alcanzo a oír y que tampoco me importan. Me he quedado petrificada, hecha una estatua de sal por asomarme a un pasado que no me pertenece, y sólo atino a levantarme de la butaca cuando el viejo ya se ha ido. Corro, pues, al balcón para verlo salir. Demora un poco en bajar la escalera (que es muy empinada y con escalones de diverso tamaño, la locura) y cuando al fin descubro su cabeza blanca, justo debajo del balcón, ya no sé si llamarlo, si gritar su nombre, si dejar caer sobre él la tacita de porcelana azul que aún conservo en la mano. *Tú volverás, me dice el corazón, / porque te espero yo, temblando de ansiedad...*

No hago nada. Quizás porque he vuelto a sentir una mirada gris, más agresiva que nunca, clavada en mi espalda. Pero no es necesario: al llegar a la esquina el viejo se vuelve bajo la luz amarillenta de un farol callejero con algo de *spot light*. Es la estrella, no hay duda. Me saluda con la mano, de nuevo dirige una orquesta sinfónica. Rach-

33 *Peter Pan and Wendy* (1911) es el título de la novela del novelista y dramaturgo escocés J. M. Barrie, la cual se popularizó con el nombre de *Peter Pan*. (La leí de niña millones de veces. El volátil Peter Pan me resultaba un poquito fastidioso, pues yo vivía enamorada del Capitán Garfio, que tenía ojos azules como los nomeolvides. Luego crecí, como Wendy, y ya no he vuelto al país de Nunca Jamás. ELP).

máninov, empecinado, dramático.[34] Rapsodia sobre un tema de Paganini.[35] No distingo bien su rostro, se pierde entre la luz y la sombra, sigue siendo el joven de la foto. No sé si se despide o si me llama. Prefiero creer que me llama. Si es así, me esperará. Entro, pongo la tacita sobre la mesa, recojo mi cartera, un chao Normita –besos no, ahora nadie puede tocarme la cara–, chao gente, la puerta y salgo.

El muchacho sale detrás de mí. Escucho sus pasos, su respiración anhelante. Me alcanza en el primer descanso de la escalera. Me agarra por el brazo.

—Déjalo tranquilo –creo que dice, no lo entiendo bien.

—Quítame las manos de encima –trato de soltarme, él es más fuerte que yo.

—No –aprieta más–. Hoy tú te quedas a dormir aquí.

—Te dije que me quitaras las manos de encima.

Es raro, ninguno de los dos grita. Todo transcurre a media voz, en la penumbra de un bombillo incandescente sobre una escalera de pesadilla. Al parecer no es algo público, se trata de un asunto a resolver entre nosotros.

—¿Pero qué te has creído, puta?

Me sacude. Forcejeo. No consigo deshacerme de él. No sé por qué no grito. Alguien tendría que venir. Vivimos en un mundo civilizado, ¿no? No se puede retener a las personas contra su voluntad. ¿Y si gritara? Arriba están Normita y los demás. Los boleros. En la esquina me espera el viejo. *Y me darás...* Tengo que sacarme a este loco de arriba, como sea. Pero no grito. ¿Será verdad que vivimos en un mundo civilizado? El viejo está en la esquina... *tu amor igual que ayer...* Con la mano libre le doy una bofetada. Parpadea, por un segundo el estupor asoma a los ojos grises. Después aparece la cólera y hay un instante donde me arrepiento... *y en el balcón aquel...* ¿Por qué nos obligamos a esto? Me suelta para propinarme la bofetada más grande que haya recibido en mi vida. Tanto es así que pierdo el equilibrio. Con la última frase mis dedos resbalan por el pasamanos. Mármol frío. No

34 Serguei Vasilievich Rachmaninoff o Rachmáninov (1873-1943), compositor y conductor de orquesta ruso. (Tenía las manos grandes, fuertes, con tremendo carácter. Los ejecutantes que no las tienen así como él pasan las de Caín para interpretarlo en el piano. Creo que algunos hasta le cogen odio. ELP).

35 Niccolò Paganini (1782-1840), compositor y violinista italiano. (No se sabe quién era más genial, si él o su violín, fabricado por el *luthier* Giuseppe Guarneri. ELP).

hay nada bajo mis pies. Él trata de sujetarme y hay un instante donde se arrepiente. Al menos eso me parece, pues grita mi nombre y, en lugar de «puta», oigo un «Dios mío». Su voz resuena, se multiplica, se fragmenta, viene de muy lejos. Golpes, muchos, incontables, quiebran. Por todas partes. En la espalda y algo se congela. En la cabeza y cómo es posible tanto dolor y de repente nada. Se acabó, final del juego. ¿Era tan fácil? A partir del segundo descanso no soy yo quien rueda por la escalera, es sólo mi cuerpo. Dejo de oír. Me siento flotar, algo se hace lento. Hay un abismo, un resplandor. Pienso en Amelia.

Alguna enfermedad muy grave

En realidad no soporto el verano. Me irrita, me altera, me crispa los nervios. No lo odio sólo porque no soy *tan* apasionada. Pero me fastidia muchísimo, de veras que sí. En otros países quizás la gente diga «¡Oh, el verano! ¡Qué maravilla!» o algo por el estilo. Acá es otra historia. Treinta y cuatro grados a la sombra. Se dice fácil. Luego, la humedad y la baja presión atmosférica hacen que el efecto sea como de cuarenta. Una se sofoca, se fatiga, se aturde. O se pone histérica. Y eso dura once meses y medio al año. Un puñetero infierno. Un clima para bichos, según mi vecina Juanita, quien acto seguido procede a culpar al gobierno. Sobre todo al presidente, ese viejo malvado, rufián, sinvergüenza, hijoeputa, que no acaba de partirlo un rayo, etcétera (es Juanita quien lo dice, no yo).

Hoy, para colmo, hay apagón. Sin electricidad, lógicamente, no funciona el motor del agua, de modo que tampoco puedo darme una ducha fría y sacarme los diablos del cuerpo. Qué rabia. Sudo y sudo, son chorros de sudor. Me arde la piel. Me recojo los pelos empapados. ¡Ah, los pelos! Estoy harta. Cualquier día de estos me afeito la cabeza y ya. Como los budistas. Desnuda, me siento en el sillón de la sala y me abanico con una revista. Qué conmovedora estampa la mía. Ahora mismo debo tener tremenda cara de loca.

Pero no quiero ser negativa. A fin de cuentas en la vida también hay cosas bellas. No muchas, pero las hay. Esta mañana, por ejemplo, antes que cortaran la luz, pude revisar el correo electrónico. Había unas cuantas estupideces, invitaciones, anuncios, trovas políticas y eso. Lo de siempre. Había, además, una buena noticia. Qué digo buena, ¡una magnífica noticia! Meulenhoff.[1] Ésa es la palabra clave: Meulenhoff.

1 Editorial holandesa.Ha publicado novelas en traducción de Ena Lucía Portela y otros escritores como Roberto Bolaño y Dulce Maria Cardoso. La novela de Portela, *Cien botellas en una pared* (2002), apareció bajo el título de *Honderd flessen op een muur* (2005).

Trato de concentrarme en eso, de felicitarme, de sonreír por eso, a ver si olvido un poco mi patética situación actual. Suelto la revista y voy a la cocina. Tomo café. En alguna parte he leído que los árabes beben café bien caliente para combatir el calor. No entiendo, pero igual los imito. A lo mejor da resultado. ¿No son ellos los especialistas en esto de lidiar con las altas temperaturas? Así pues, tomo café. Oscuro, espeso y amargo. Bien caliente. Vuelvo a la sala y enciendo un cigarrillo. ¡Ah! Hubo un tiempo muy difícil en que ni siquiera tenía estas cosas. Ahora, al parecer, voy prosperando.

Meulenhoff. Vaya palabrita. Pensar en eso me lanza un año atrás, a un día muy parecido a éste (calor, apagón, sequía...), a mediados de junio. Estaba yo tan emperrada como ahora, o quizá más (me gusta creer que la capacidad de emperramiento disminuye a medida que se envejece), meciéndome en este mismo sillón, cuando sonó el teléfono. Hum. Ésa es otra. No resisto que me llamen por teléfono. ¿Por qué tienen que llamarme, a ver? Durante años viví sin teléfono, de lo más incomunicada, y puedo garantizar que no es tan catastrófico como pudiera parecer a primera vista. La idea de instalarlo fue de mi editora francesa. Necesitábamos la línea, según ella, para abrir una cuenta de correo electrónico y discutir con calma los detalles de la traducción. No sé una papa de francés y tampoco me gusta discutir. Pero ella, con su rotunda personalidad, estableció que yo, justo yo, la sin par Ena Lucía, no podía seguir viviendo así, a lo salvaje, como el Hombre de Neandertal,[2] no señorita. Y vino el teléfono. Y, como era de esperar, sonaba.

Me hubiera encantado dejarlo sonar y sonar hasta el fin de los tiempos. Pero me incomodaba mucho el sonido del timbre. Después de diez o doce timbrazos, lo cogí.

—¿Sí?

—Hola. ¿Es la casa de Ena Lucía?

Una voz grave. Acento español.

Pensé decirle que no, lo siento, número equivocado. Pero a lo mejor al tipo le daba por volver a llamar. Nunca se sabe. El ser humano es capaz de cualquier cosa.

—Sí, es la casa. Pero ella no está.

—Ah... ¿Podría usted decirme a qué hora regresará?

---

2 De la familia de los homínidos, el Hombre de Neandertal (o Neanderthal) existió en el paleolítico. (Todavía quedan algunos acá en mi barrio. ELP).

—No. Ella no está en Cuba.

—¡Oh, no! ¡No puede ser! –sonaba un poco desesperado–. ¿Dónde está?

Estuve a punto de decirle que en la Luna, mas no siempre conviene exagerar.

—En Nueva Zelanda.

—¿Nueva Ze...? ¡Qué horror! –parecía realmente horrorizado–. ¿Cuándo volverá?

—No tengo la menor idea.

—¡Ay, Dios mío! ¡Esto no puede ser! ¿Qué hago?

—Mire, si yo fuera usted no haría nada. Absolutamente nada.

—Pero no... Es que, vea, necesito hablar con Ena Lucía. Es importante. Es muy importante para mí. Vea, mi nombre es... He venido desde Den Haag[3] sólo para...

Sin duda el tipo estaba angustiado, muy nervioso. Tanto, que se le enredó la lengua. No entendí su nombre. Tampoco lo que dijo sobre no sé qué universidad, tesis, beca, master, La Habana, billete de avión, novela, euros, Ena Lucía, verano, post-estructuralismo, Internet, generación de los noventa, mosquitos, jodido calor. Suficiente, sin embargo, para hacerme una idea de lo que buscaba. Sí, cómo no. Quizás a otras escritoras las llamen admiradores millonarios, productores de cine, agentes de la CIA y toda clase de maníacos sexuales, en fin, personas interesantes. A mí no. A mí el destino –por decirlo así– sólo me había deparado, hasta el momento, correctísimos, sapientísimos y aburridísimos tipos académicos que escribían tesis y dictaban conferencias sobre el Tercer Mundo, la marginalidad, la miseria, la violencia, la emigración ilegal, la droga y esas cosas. Ya desde el año anterior yo había tomado la firme determinación de plancharlos a todos. Hay quien opina que eso es una bravuconada mía, una pose de tipa dura. Porque acá, si no te da la gana de regalarles tu tiempo a los extranjeros (sobre todo europeos o norteamericanos), eres arrogante y vanidosa, una perra malagradecida que se cree superior al resto de la humanidad o algo así. Antes me preocupaba eso. Ya no.

Aquel día, el hombre de voz grave y acento español iba a ser planchado sin misericordia alguna. Me importaba un chícharo su angustia. Algo, no obstante, me llamó la atención. Lo interrumpí.

---

3 Tercera ciudad holandesa en tamaño después de Amsterdam y Rotterdam.

—Oiga, un momentico, eso de Den Haag, ¿dónde queda? ¿En el País Vasco?

En general no soy *tan* curiosa, pero a veces sí.

—¿Den Haag? Oh, no. Fue un lapsus. Disculpe. Den Haag es La Haya, en Holanda. Vivo ahí y estudio en la Universidad de Leyden.

Ya sabía yo que era un lugar exótico.

—Ah, qué bien. ¿Y cómo dijo usted que se llamaba?

—Derwig. Jurjen Derwig.

—Jurjen Derwig, Den Haag –no era fácil pronunciar aquello–, Leyden. Hum. ¿Sabe qué? Yo nunca he visto un tulipán. Bueno, para serle franca, en realidad ni siquiera he visto un holandés.

—Tulipanes y holandeses. Sí. Allá tenemos muchos de los dos. Y baratos.

Ese último comentario, no sé por qué, me hizo gracia. Quizá porque me pareció que Jurjen Derwig hablaba en serio, como si tratara de venderme aquellos productos. Yo también hablaba en serio. Jamás había visto un holandés en persona. Mis conocimientos acerca de Holanda se limitaban a una novela de Dumas, *El tulipán negro*,[4] una ópera de Wagner, *El holandés errante*,[5] el Diario de Ana Frank,[6] una sala del d'Orsay, en París, con un montón de originales de Van Gogh,[7] y una película de no recuerdo quién, *Carácter*.[8] Ah, y que a la selección nacional de fútbol le llaman «la mecánica naranja». Bien mirado, no era poco. Pero igual sentí deseos de echarle el ojo en vivo

---

4 Novela histórica de Alexandre Dumas, padre, cuya trama se desarrolla en Holanda en época del príncipe Guillermo de Orange. Se publicó en 1850. (Una amiguita holandesa quedó patidifusa por el hecho de que yo supiera quiénes fueron Jan y Cornelius de Witt. Eso, según ella, *no podía* saberlo nadie que no fuese holandés. Error, le aclaré. Los hermanos De Witt son mundialmente famosos gracias a cierta entretenidísima novela de Dumas, padre. ELP).

5 *Der fliegende Holländer,* ópera de Richard Wagner (1813-1883). (Me acostumbré desde chamaquita a escuchar óperas en la radio. La parte que más me gustaba era cuando el locutor narraba la sinopsis antes de cada acto. ELP)

6 El Diario de Ana Frank abarca un periodo de dos años durante los cuales la adolescente judía y su familia tuvieron que esconderse de los nazis en una casa de Amsterdam. (La casa hoy en día es un museo y se hacen unas colas enormes para entrar. Pero en realidad no hay mucho que ver ahí. Mejor leer el Diario. ELP)

7 Vincent van Gogh (1853 - 1890), pintor posimpresionista de origen holandés. El Museo de Orsayposee cerca de una decena de sus cuadros, incluido un autorretrato. (Y también el famoso cuarto del artista en Arlés. Están reunidos en una salita pequeña, siempre abarrotada de turistas japoneses que se empeñan en fotografiar los óleos con sus propias cámaras, aunque en la tienda de los bajos te venden toda clase de postales, álbumes y reproducciones del tamaño que quieras. ELP)

8 Filme belga-holandés de 1997, dirigido por Mike van Diem y basado en una novela de Ferdinand Bordewijk. (Sombrío, duro, terriblemente nórdico. ELP)

y en directo a un espécimen holandés. Como quien dice, un marciano. Casi nunca soy *tan* frívola. O a lo mejor sí y lo que pasa es que no me gusta reconocerlo, quién sabe. De cualquier manera, en ese instante volvió la luz, sublime acontecimiento que tiende a mejorar considerablemente mi estado de ánimo. Jurjen Derwig me dio el número de teléfono de la casa de huéspedes donde estaba parando en La Habana y prometí avisarle en cuanto Ena Lucía regresara de su largo viaje.

Me tomó una semana volver de Nueva Zelanda. Está lejos, ¿no? Enseguidita llamé a Jurjen Derwig. Se puso de lo más contento, como si hubiera sospechado que yo jamás lo llamaría. Algunas personas son así de malpensadas. Le di mi dirección y quedamos en que él vendría a las siete de la tarde. Por si acaso, le advertí que despreciaba tan profundamente a los impuntuales, que a las siete y cinco Ena Lucía podría estar lo mismo en Borneo que en las Islas Fiji. Me aseguró que él era «un tío del Norte» –palabras textuales–, o sea, que siempre llegaba a los lugares a la hora debida, que cuando prometía algo lo cumplía, a diferencia de los latinos y, muy especialmente, de los cubanos burlones que no se tomaban nada en serio. Jurjen Derwig, al parecer, ya había tenido sus tropiezos con las costumbres de mi país. Me agradó que no preguntara nada acerca de mis largos viajes repentinos. Al tío del Norte no le faltaba sentido del humor.

Ese día, por suerte, no hubo apagón. A las siete en punto sonó el timbre de la puerta. Recién bañada, fresquita, con el pelo suelto y una bata ligera, abrí... ¡Oh! ¡Vaya vaya! ¡Qué impresionante! Por poco le pregunto si de veras era a mí a quien buscaba. ¿No se trataría de una confusión? No exagero. Era él quien exageraba. Lo menos que parecía Jurjen Derwig era un tipo académico, sapientísimo y todo eso. Qué va. Para empezar, andaba por el metro ochenta y pico largo de estatura. Luego, aunque delgado, lucía bastante fuerte, atlético, nada correcto con un jean viejo, un pulóver harapiento y unas chancletas que daban grima. El rostro de facciones duras, en cierto modo agresivo, mal rasurado. Por si fuera poco, el pelo. Casi tan largo como el mío, pero mucho más lacio, rubio, desordenado, definitivamente bestial, onda los conquistadores del fuego. Según mis prejuicios, aquel muchacho no tenía nada que hacer en la Universidad de Leyden[9] ni

9 La universidad más antigua de Holanda y una de las más prestigiosas de Europa, fundada en 1575 por el príncipe Guillermo de Orange. (No lejos de allí, en la propia ciudad de Leyden, se encuentra la casa natal de Rembrandt. Aunque Holanda es un paisito diminuto donde todo se encuentra «no lejos de allí». ELP).

en ninguna otra. No tenía que leerse mis libros ni los de nadie. No tenía que hablar de post-estructuralismo y esas memeces. No. Su sitio estaba en la mecánica naranja. O en alguna película de vikingos. Y digo «muchacho» porque, como más tarde se puso en claro, Jurjen Derwig no había cumplido veinticinco años (yo tengo treinta).

Dijo «hola» y me miró fijo, escrutador, posiblemente para comprobar si yo era yo. Es decir, si mi cara se parecía a la foto en Internet. Satisfecho, me tendió una orquídea envuelta en celofán.

—No encontré tulipanes.

—¡Je je! No me extraña. Pero no importa... –agarréla orquídea–. Así está bien. Dale, pasa. Estás en tu casa.

A aquella hora no hacía tanto calor. Unos treinta grados más o menos, sin contar la baja presión. Aun así, era obvio que el tío del Norte sufría mucho en el clima para bichos. Sudaba de tal manera que el pulóver hubiera podido exprimirse. La cara y los brazos, más rojos que una langosta hervida. La nariz, despellejada. En el fondo de los ojos azules, allá lejos, una expresión de estupor y a la vez de miedo. El verano lo maltrataba más que a mí. Si yo fuera holandesa, pensé, no vendría a Cuba de ninguna manera, qué va, ni aunque me apuntaran con una escopeta.

Le puse el ventilador al máximo, para él solito. Le di agua fría y café caliente. Le sugerí que se quitara el pulóver. Según los árabes, para combatir el calor no hay que desvestirse, sino al contrario, entraparse de la cabeza a los pies con algún tejido diatérmico. Pero no soy *tan* copiona. Medio inseguro, un poco aturdido, Jurjen Derwig me hizo caso.

Enseguida se recuperó. En varios sentidos poseía, y aún posee, una asombrosa capacidad de recuperación. Además de la orquídea, me había traído una caja de bombones rellenos de licor y (¡desde Holanda!) un álbum de reproducciones del Vermeer.[10]

Conversamos durante varias horas. La tesis para el master. Le hablé a una diminuta grabadora sobre mi primera novela, el cuento para Radio Francia Internacional que me llevó por primera vez a Francia, mi segunda novela, que resultó muy «oscura» y no tuvo suerte en España, lo que implica en estos días para un escritor de La-

10 Jan Vermeer (1632-1675), pintor y marchante holandés. Se especializó en escenas interiores. (Serenas, luminosas, plateadas. Lo que se dice una onda refrescante. Se conservan pocos de sus cuadros. Sólo he visto uno, si la memoria no me falla, en el Rijksmuseum, en Amsterdam. ELP).

tinoamérica no tener suerte en España, cómo una se inventa su propia suerte o por lo menos trata, el giro, la tercera novela, un premio, la risa y el olvido como diría Kundera,[11] mi opinión (tan discutible como todas) de que en literatura la política es *un* tema y no *el* tema, aun tratándose de Cuba con todo su mito y su arrebato nacionalista, el futuro incierto. La tranquilidad que depara saber, como sé, que en última instancia una no es importante para nadie. Ahí me quedé callada. Creo que hubiera sido mejor haber dicho eso último y nada más. Pero a veces me inspiro y me pongo parlanchina, qué se le va a hacer. Jurjen Derwig apagó la grabadora, la guardó y me dijo, mirándome a los ojos, que yo era importante para él. Así de sencillo. Me fui a freír unas croquetas.

Hablamos de miles de asuntos. Cuando él se fue, al filo de la medianoche, sabíamos, o creíamos saber, unas cuantas cosas el uno del otro. Jurjen Derwig habla cinco idiomas aparte del suyo. Estudió en un colegio calvinista, vota por la socialdemocracia y juega voleibol en sus ratos libres. No fuma, pero tampoco le molesta el humo de los demás. No es homosexual. Aprendió español en Salamanca. Sus amigos españoles piensan que él es un tonto, un gilipollas que nunca se entera de nada y que no sabe tratar a las mujeres. Él no se cabrea por eso. En general no se cabrea casi nunca. Me gustó el muchacho.

Nos vimos en otras ocasiones, casi todos los días durante un par de semanas. Por primera vez me resultaba agradable ser el objeto de estudio de alguien, la mariposita del entomólogo. Pospuse mi viaje a Madagascar para ir con el entomólogo a la playa. En realidad detesto la playa, sobre todo en verano, con esas arenas hirvientes y ese sol asesino, pero en fin. Íbamos a Guanabo tarde en la tarde, cuando el mar estaba verdeazul y el crepúsculo romántico entre las palmeras y todo eso. Cuando los rayos solares ya se habían inclinado lo suficiente como para no deshidratarnos ni achicharrarnos ni provocarnos una cefalea o un cáncer. Así y todo, mi holandés favorito comprendió en carne propia por qué no era aquella una temporada alta para el turismo.

---

11 Escritor de origen checo, disidente del comunismo, Milan Kundera vive en Francia desde 1975. *Kniha smíchu a zapomnění* (El libro de la risa y el olvido) fue publicado en francés (en 1978) antes que en checo (en 1979). (Memorias que provocaron la revocación de su ciudadanía checa. Fue el primer libro suyo que leí, a finales de los 80's, y me impactó muchísimo. He aquí a un tipo que *sabe*, pensé. Kundera es un escritor prohibido de facto en mi país, al igual que George Orwell, Boris Pasternak, Sándor Márai, Milovan Djilas y Alexandr Solzhenitsin, entre otros, pero sus libros circulan clandestinamente. Pasan por la aduana sin mayores contratiempos porque nuestra gloriosa policía política no es tan culta como lo fueron en sus tiempos el KGB o la Stasi. ELP).

Después vino el rollo de la apendicitis. Operación de urgencia. Lo remolqué, doblado por el dolor, hasta el hospital más cercano. Pero allí, en cuanto se dieron cuenta de que era un extranjero del Primer Mundo (eran muy perspicaces), lo transfirieron de inmediato a otro hospital que de tan lujoso parecía un hotel de cinco estrellas o, por lo menos, de cuatro. ¿Salud gratuita? ¡Ja ja! ¡A mí con ésas! Lo atendieron de maravilla y le cobraron hasta el aire que respiraba. Su seguro médico valía en Holanda, pero no acá. Tuvo que pagar con el dinero de la beca, hasta el último centavo. Desplume total. Adiós casa de huéspedes, adiós comida, transporte urbano, todo. Sólo le quedó el billete de regreso en la KLM sin posibilidades de adelantar la fecha. Y todavía faltaban dos meses. Nada más y nada menos que julio y agosto. ¡Para volverse loco! Hubiera podido pedir auxilio en su Embajada, pero no lo hizo. Prefirió quedarse conmigo. Si yo no me oponía, claro. Por mí, ok, ningún problema. Sólo que seguía viendo en el fondo de sus ojos azules, allá lejos, aquella expresión de estupor y a la vez de miedo. Me aseguró, sin embargo, con la seriedad según él característica de los tíos del Norte, que no se dejaría vencer por «las inclemencias tropicales». Y, en efecto, no se dejó.

El dinero y yo, una relación conflictiva. A veces tengo y a veces no. Cuando no tengo, procuro inventarlo. Araño la tierra. O pienso en otra cosa. Quizás algún día pueda ejercer el periodismo. Oh, sí. No aspiro a una columna de opinión, me conformaría con la crónica roja. Quizás, algún día... En fin, la cuestión es ir escapando, no atormentarse por gusto. Los dos meses que Jurjen Derwig pasó en mi casa no fueron precisamente de esplendor económico, pero tampoco de extrema indigencia. Al menos no hubo que arañar la tierra. Mal que bien, nos arreglamos. Él nunca se quejó de nada. Ni de los apagones, ni del ron barato, ni del ruido, ni de los mosquitos, ni del calor asqueroso, ni del gobierno. Bueno, del gobierno sí. No entendía todas esas prohibiciones absurdas. Yo tampoco las entiendo, qué voy a entender, pero no me rompo mucho la cabeza con el asunto. Qué va. No soy *tan* obsesiva como Juanita, quien no se cansa de atribuirlas, día tras día, a la infinita malevolencia del presidente.

A propósito de Juanita, hay que decir que me felicitó por mi gran hazaña de dejar la pazguatería y los libritos y conseguir un marido como Dios manda, igual que su hija con el sueco. No la contradije,

¿para qué? El sueco de Yadelis tendrá unos cincuenta años, es un profesional establecido y con dinero propio, mientras que mi pequeño holandés... Pero mi vecina no capta esas sutilezas. Para ella, todos los blancos son iguales.

Jurjen Derwig, además, no era mi marido. ¿Qué era entonces? ¿Qué es hoy? No lo sé. Ésta es una historia con final abierto. O sin final, pues cada episodio parece que va a ser el último y luego resulta que no, que la aventura prosigue. Lo que más me gusta es precisamente esta indefinición, este no ponerle nombre a las cosas. Y Jurjen Derwig, por supuesto. Cuando por fin volvió a su país, quedó muy claro que yo seguía siendo importante, importantísima para él, sin que eso implicara ninguna responsabilidad por parte mía, porque si no, yo me iría a Sri Lanka inmediatamente (no era una amenaza, sólo una señal, como la luz roja del semáforo). A esas alturas nos entendíamos muy bien. Yo había sustituido aquella extravagancia de «Jurjen» por un simple y pronunciable «Yoyo», que es como les decimos aquí a los que se llaman Jorge. Y Yoyo había elevado mucho su nivel cultural, puesto que dominaba a la perfección todo el repertorio de las palabras verdaderas. Esto tiene que ver con su español salmantino, que sonará estupendo en Salamanca, mas no en La Habana. No es por ofender a nadie, pero al menos yo lo oigo vetusto, cansado, polvoriento, onda Tirso de Molina.[12] Aunque eso no importa demasiado. Lo realmente espantoso era que él decía «follar», «coño», «polla» y demás, con la mirada azul radiante, sin miedo ni estupor, como si estuviera diciendo la gran cosa. Pobrecito. Porque tal léxico va y pase en un gachupín,[13] pero en un tío del Norte lo que da es tremenda risa. De manera que yo me había dedicado, alegremente, a desempolvar el vocabulario de Yoyo, a ponerlo en sintonía con el Caribe, a enseñarle las palabras verdaderas. Vamos, si la Universidad de Leyden te otorga una beca para que vengas *en el verano* a Cuba, ¿no se supone que debes aprender algo?

Se marchó a inicios de septiembre.

En diciembre, cuando parecía a punto de comenzar uno de esos tímidos y deliciosos inviernitos cubanos, yo estaba en París. En serio, para presentar una novela. Llamé a Yoyo por teléfono desde el hotel.

---

12 Dramaturgo y poeta barroco español del siglo XVII. (Me cuadra mucho su *Don Juan*. ELP).

13 Así se le llama, despectivamente, al español que se estableció en América. (Tal palabreja la pesqué en una telenovela mexicana sobre la vida del padre Miguel Hidalgo, prócer de la Independencia. ELP).

—¡Oye, chico, a que no adivinas quién te habla!

Nos habíamos escrito e-mails y eso, pero deseaba oír su voz grave. Me encanta su voz. No me hubiese molestado si me hubiera dicho «Oh, lo siento, usted se equivoca, Jurjen Derwig está en Japón» o algo por el estilo. Yo sólo quería oírlo.

Pero no. Nada de Japón. Se alegró una pila de que lo llamara (otra vez había sospechado que no lo llamaría nunca, el muy incrédulo) y, con gran entusiasmo, se puso en movimiento. Es un tipo enérgico, emprendedor y decidido. Apenas colgamos, partió derechito a convencer a los de la Universidad de Leyden de que yo era importante no sólo para él, sino también para ellos (¡je je!). No sé cómo, lo logró. Me invitaron a dar una charla sobre cualquier tema de literatura cubana. Pagaron el billete en el Thalys, «el tren de los pijos» según Yoyo.[14]

—Después de la estación de Rotterdam –me explicó por teléfono con su hermosa voz–, viene la de Den Haag. Fíjate bien en los letreros. No puedes perderte. Acá todos entienden inglés.

Seré caribeña, pero no retrasada mental. No me perdí. En la estación de Den Haag me esperaba Yoyo... ¡con un tulipán! Un poco machucado por el invierno, pero tulipán al fin. Muy lindo. Salimos. Eran cerca de las seis de la tarde y no había un alma en la calle. Asombroso. ¿Dónde se ocultaban los diecisiete millones de holandeses? Quién sabe. Tampoco es que me interesara conocerlos a todos. Nos fuimos a un bar y luego al apartamento de Yoyo, a unas cuadras de la casa de la reina. Qué bien. No soy *tan* snob, de veras que no, pero eso de tener a una reina por vecina me parece fantástico.

En Holanda (nombre científico: *Koninkrijk der Nederlanden*) me sucedieron muchas cosas interesantes. A lo mejor me embullo y las cuento algún día. Lo del Barrio Rojo de Amsterdam, por ejemplo, estuvo muy bien.[15] Oh, sí. Aquella muchacha con los pelos pintados

---

14 El Thalys recorre Francia, Bélgica y los Países Bajos. (Cuando subí al tren, en París Nord, vi que mi asiento daba al pasillo. Pero el de al lado, junto a la ventanilla, estaba vacío, de modo que me posé allí para admirar el paisaje. En Bruselas subió una pelirroja, se detuvo frente a mí y me habló, creo que en neerlandés. No entendí ni papa. Me habló en francés. Que yo estaba ocupando *su* asiento. Me hice la boba. Me habló en inglés. Seguí haciéndome la boba. Me preguntó, por señas, cuál era mi idioma. ¡Español!, exclamé, segura de que ella no lo hablaría. Pero sí, lo hizo. Quería *su* asiento. Y tuve que dárselo, claro. Malditos políglotas. Decidí que, para la próxima vez, me fingiría turca, o armenia. ELP).

15 Famoso por sus vidrieras donde se exhiben los que practican la prostitución, ofreciendo sus servicios.También se encuentran allí teatros y tiendas especializadas en todo lo relativo a la industria del sexo. (Dicen que allí hay mucha violencia y un alto índice de criminalidad. Pero cuando yo fui en 2003 la cosa estaba de lo más tranquila. Quizá los criminales se habían tomado unas vacaciones. ELP).

de verde fosforescente, que en realidad no era tan muchacha, porque debía tener más o menos mi edad, y además... Pero no. Ahora no. Otro día. Ahora, en medio de este calor diabólico, sólo voy a detenerme en una escena en particular.

Mi amiguito y yo en una playa desierta. Bueno, dice él que es una playa. A mí no me lo parece tanto, más bien una costa sombría, pedregosa, inhóspita, pero no discutiré por eso. Una playa. Ambos estamos de pie frente al mar. No sé qué temperatura hay, ni tampoco quiero saberlo. Me imagino que debe andar por debajo de cero. Anoche nevó. Llevo un abrigo pesadísimo, peludo, inmenso. Bufanda, gorro, guantes. Con todos estos cachivaches encima siento que me parezco, por lo menos, a Borís Yeltsin.[16] Aun así, el frío me duele, me adormece, me deprime. Me pone a pensar en cosas horrendas. Yoyo me abraza. También a él, según sus propias palabras, «se le congela el culo». Nunca antes le había ocurrido eso. Una de dos: o éste es un invierno especialmente cruel o la temporadita en el trópico ha reblandecido al holandés errante. No sé. Lo cierto es que está medio loco. Me ha arrastrado hasta aquí sólo para mostrarme el Mar del Norte, por donde navegaban los vikingos.[17]

El Mar del Norte, mercurial y triste bajo un cielo plomizo, me hace pensar que quizás el Caribe no sea tan horroroso como yo creía.

Con gesto de guía turístico, Yoyo señala el horizonte.

—Hacia allá está Inglaterra...

Veo unos pájaros que vuelan hacia Inglaterra. Ahí van, de lo más felices. Cuánto los envidio. A mí también me gustaría volar hacia Inglaterra. Pero creo que la visa Schengen no vale allí. En mi país hay personas muy listas, capaces de colarse en cualquier otro país sin visa ni dinero ni nada. Y sobreviven, cómo no. Por desgracia, no soy de ésas. Me falta coraje, o picardía, no sé, me falta algo. Miro hacia Inglaterra y no puedo no pensar que me detendrían en la frontera por emigrante indeseable que habla inglés con acento «spik»,[18] como

---

16 Presidente de Rusia de 1991 a 1999. (Su abrigo debió ser, en realidad, más pesado que el mío. Porque si bien Holanda puede ponerse muy, pero que muy fría durante los meses invernales, lo del invierno ruso es ya una falta de respeto. ELP).

17 El Mar del Norte bordea los Países Bajos y las naciones aledañas. Los vikingos poblaron Escandinavia del siglo VIII al XI, distinguiéndose como exploradores, piratas, guerreros y mercaderes. (Tienen tremenda fama de energúmenos. Sin embargo, eran muy inteligentes. Inventaron el sistema de los doce jurados. ELP).

18 Término peyorativo para referirse a los hispanos en los Estados Unidos. (¡Qué mal me cae que me digan eso! Ya sé que mi acento en inglés no es muy shakespeareano que digamos, no necesito que venga nadie a restregármelo por el hocico. ELP).

dicen los norteamericanos, o tal vez me acusen de espionaje, porque la verdad es que tengo cara de espía, ojos grandes y negros de animalejo curioso, o sea, de espía, y quién sabe si hasta me suenen un palazo por la cabeza y luego me deporten a las Islas Falkland o Malvinas o cómo rayos se llamen, y una vez allí... ¿Pero qué mierdas estoy pensando? ¿Qué sucede conmigo? Parece un chiste, pero no. Estoy a punto de caer en una crisis depresiva. Esto de pasar el verano en Cuba y el invierno en Holanda (¿no debería ser al revés?) me hace sentir que, en el fondo del fondo, no hay en el mundo entero un lugar para mí, un rinconcito que pueda realmente llamar «mi casa». Que mis viajes imaginarios a todas las islas no son más que un síntoma de alguna enfermedad muy grave, seguro incurable, fatal. Que lo mejor sería, pues, acabar de una buena vez con... No. No quiero sentir eso.

—Dale, Yoyo, está bueno ya de vikingos. Vámonos de aquí.

Regresé en marzo a La Habana, al eterno verano. Al apagón, la falta de agua, los bichos, el calor de los mil demonios. A las invectivas de Juanita contra el gobierno y el presidente. A la pazguatería y los libritos. Mi vecina no entiende que yo, con lo bonita que soy, no me haya quedado a vivir en Europa. En realidad no soy *tan* bonita, lo que pasa es que ella me quiere.

Ahora, un poquito menos emperrada, bebo más café, enciendo otro cigarrillo y pienso en el futuro. Tengo algunos proyectos. Cuando vuelva la luz, si vuelve, lo primero será darme una ducha fría-fría, bien sabrosita. Después me comeré una pizza y nadie podrá impedírmelo. Más tarde le voy a escribir un e-mail a Yoyo para contarle de Meulenhoff, la editorial holandesa que me va a publicar una novela. Primero tienen que traducirla, claro. Tal vez me inviten luego a presentarla, tal vez no. Eso lo ignoro. Como a pesar de todo no soy *tan* pesimista, en lo profundo de mi corazón albergo la secreta esperanza de que, si por fin me invitan, sea en verano.

Huracán

Es mi decisión. Mía, sólo mía, y no pienso discutirla con nadie. Estoy en mi derecho, ¿no? La tomé a fines de los noventa, cuando tenía unos veintidós o veintitrés años, no recuerdo bien. Lo que sí sé es que lo hice en pleno ejercicio de mis facultades mentales, que no estaba borracha ni bajo el efecto de ninguna droga. Claro que suele dudarse de las facultades mentales de alguien que toma «en frío» una decisión de tal naturaleza, aparentemente sin motivos. Justo por eso no quiero discutirla con nadie. Ya estoy aburrida de que me tilden de loca.

La primera oportunidad se me presentó en octubre de 2001, cuando el huracán Michelle. Para ese entonces ya mamá había fallecido (el corazón, los disgustos...). Gracias a las gestiones de no sé cuál organización internacional de derechos humanos, papá había salido por fin de la cárcel... directo hacia el avión. Ahora vivía en L.A., California. A mi hermano el Nene, el mayor, le habían descerrajado un tiro en la nuca, sabrá Dios por qué. Algo inconcebible. Porque el Nene, que yo sepa, nunca tuvo nada que ver con nada. Ni política ni narcotráfico ni la mujer del prójimo. Sólo era un poco distraído, como ausente, igual que mamá. Leía mucho. Poesía, sobre todo. Le encantaba W. H. Auden.[1] Era un buen tipo. Supongo que lo mataron por estar, como quien dice, en el momento y el lugar equivocados. O tal vez lo confundieron con otro. En fin, no sé. En nuestra casa del Vedado, ya bastante deslucida pero aún sólida, nada más quedábamos mi hermanito el Bebo y yo.

1 Wystan Hugh Auden (1907-1973), poeta y ensayista anglo-americano, considerado por numerosos críticos un maestro de la poesía moderna. (Con todo y su cara feúcha, era una bellísima persona. Su compañero de toda la vida, su gran amor, fue Chester Kallman, pero en 1935 se casó con Erika Mann para que ella tuviese un pasaporte británico y pudiera escapar de los nazis. ELP).

Eran las tres y pico de la madrugada, a comienzos de aquel octubre. El Bebo dormía en su cuarto y yo, acurrucada en el sofá de la sala, miraba la televisión. Casi nunca transmiten nada a esas horas, excepto las Olimpiadas o el Mundial de Béisbol, cuando ocurren en países lejanos, o las noticias acerca de algún huracán muy horrible que ande por países cercanos. Y ahí estaba. Michelle. Como la canción de los Beatles. *Michelle, ma belle*...[2] Nombre glamoroso para un monstruo de categoría 5 en la escala Saffir-Simpson, lo cual significa vientos máximos sostenidos por encima de 250 km/h. Y rachas que pueden ser muy superiores, sobre los 300 km/h, o aún más. Lo peor que uno pueda imaginar en materia de ciclones.

Así pues, la capital y todo el occidente y el centro de la isla grande, junto a la Isla de Pinos y algunos cayos adyacentes, estaban en fase de alarma ciclónica. En unas horas el huracán entraría en el archipiélago cubano. Pero nadie sabía por dónde. Entraría. Punto. Ni en el Observatorio de Miami ni en el de Casablanca se aventuraban a emitir un pronóstico más preciso acerca de su trayectoria. En la TV, de pie junto a las imágenes del satélite (misteriosas, como siempre, jamás las he comprendido), y algunos mapas climáticos, el director del Instituto de Meteorología no paraba de hablar. Decía: Ubicación actual, tantos grados de latitud Norte y mascuantos de longitud Oeste. Velocidad de traslación, más bien lenta... ¡Hum! Malo, malo... –se secaba el sudor de la frente con la manga de la camisa–. Precipitaciones, tantos milímetros. Presión atmosférica, mascuantos hectopascales. Velocidad de los vientos huracanados... ¡Uf! Muy fuertes, fortísimos... ¡Hace décadas que no se veía algo como esto! Pero mantengan la calma, ¿eh? –volvía a secarse el sudor–. Hay que mantener la calma, estimados televidentes, y cumplir con las orientaciones del Estado Mayor de la Defensa Civil para casos de ca... ca... catástrofe... Pobre tipo. A la legua se le notaba el miedo, las ganas de mandar a la porra al puñetero Estado Mayor con todas sus malditas orientaciones, y salir corriendo como alma que lleva el diablo. Claro que correr no tenía sentido. No llegaría a ninguna parte.

---

2 Una de las canciones más populares del cuarteto británico The Beatles. (Las depresiones tropicales, las tormentas y los huracanes que se originan en el Atlántico Norte son bautizados, en cada temporada ciclónica, siguiendo un orden alfabético, alternando los géneros, o sea, que a uno masculino sigue uno femenino y viceversa, y alternando también los tres idiomas con más hablantes en el área de Centroamérica y el Caribe: español, inglés y francés. ELP).

Luego aparecieron en pantalla imágenes de la CNN en español. Con una lentitud escalofriante, Michelle había ido bordeando la costa caribeña de Centroamérica y los periodistas iban tras él (o tras ella, ¿no?) con sus cámaras y micrófonos. A prudencial distancia, por supuesto. Las imágenes eran espantosas. Crecidas de ríos, casas desplomadas, árboles arrancados de cuajo, cadáveres de personas y de animales flotando en el agua sucia, toda la miseria y el sufrimiento del mundo en los ojos de los sobrevivientes, que para colmo de males eran gente pobre, cuyos gobiernos –dijeron algunos de ellos– no los tomaban en cuenta para nada y no los ayudarían a recuperarse, etc. Algunos indígenas, que quizás no hablaban español, permanecían en silencio, muy serios, con el entrecejo fruncido. Aunque en realidad no hubo tantas entrevistas. Muchas zonas habían quedado aisladas por las inundaciones, resultaban inaccesibles por tierra, así que las imágenes (pura devastación) eran tomadas desde un helicóptero. Una voz en off iba diciendo en tono dramático: esto es en Nicaragua... esto, en Honduras... esto, en Guatemala... A la altura de Belice –dijo la voz en off– el poderoso huracán ha salido nuevamente al Caribe, donde ganará en organización e intensidad. Ahora se dirige hacia Cuba...

Y en ese momento, justo en ese momento, apenas la voz hubo pronunciado la palabra «Cuba», ¡paf!, se cortó el fluido eléctrico.

Imagino cómo debieron sentirse los estimados televidentes de las tres y pico de la madrugada, que seguro eran millones, ante aquella oscuridad. Creo que escuché unos gritos a lo lejos. No sé. Ni Stephen King hubiera inventado algo más terrorífico.[3]

En lo que a mí respecta, no tenía ningún miedo. No es que yo sea muy valiente, qué va. Desde niña padecí toda clase de terrores. Fueron muchos, demasiados. Tantos, que vivía en perpetua zozobra, mordiéndome las uñas, con un nudo en la garganta... Pero cuando tomé la decisión, a fines de los noventa, desaparecieron todos como por arte de magia. ¡Zas! Fue como una especie de exorcismo. Ni siquiera volví a tener pesadillas. Ahora, con el corte de la electricidad, sólo me preocupaba que mi hermanito fuera a despertarse por causa del calor. Porque la noche estaba caliente, húmeda, pegajosa, y él, sin ventilador...

---

3 Popular escritor norteamericano contemporáneo, ha escrito numerosas novelas de terror y de ciencia ficción. Es también cuentista y guionista. (No le complació la versión cinematográfica que hizo Stanley Kubrick en 1980 de su novela *The Shining* (El resplandor), publicada en 1976. Para mí, con el mayor respeto, es uno de los poquísimos casos en la historia del cine en que la película resulta muy superior al libro. ELP).

El Bebo no era ningún chamaco. Nada de eso. Con sólo tres años menos que yo, no le faltaban fuerzas para arruinarme los planes. Y trataría de hacerlo, desde luego. Siempre lo hacía. No quiero decir que él fuera violento, que me maltratara o algo por el estilo, no. Pero tenía un lado Aliosha Karamázov francamente insoportable.[4] Cuando empezaba con aquello de que el Señor nos ama a todos y que debíamos buscar la salvación de nuestras almas y no sé qué más, no había forma de pararlo. Yo le decía: Ay, Bebo, por favor, déjame en paz... Y él: ¿Pero qué dices, Mercy? ¡Déjate en paz tú a ti misma! Deja que el Señor entre en tu corazón... Y cosas así. Mejor que no se despertara.

En medio de la oscuridad, fui a sentarme en el poyo de la ventana que da al portal. Silencio absoluto. Ni los grillos del jardín chirriaban. Tal vez se habían largado con su música a otra parte. He oído que los animalejos perciben la inminencia de los desastres naturales mucho mejor que nosotros, que sin satélite y radares no percibimos nada de nada. Quién sabe. El hecho es que aún no soplaba la más mínima brisa. La noche estaba clara, despejada, con luna y estrellas y todo eso. De no ser por la TV, nadie hubiera sospechado que se nos venía encima un huracán, y de los más apocalípticos. Mis ojos («de gata», decía el Nene) se adaptaron enseguida a la oscuridad. Prendí un cigarrillo. Aún no era el momento, no había que apresurarse. Permanecí allí, fumando, contemplando la noche, durante varias horas. No pensaba en nada. No tenía nada en qué pensar. El Bebo, por suerte, no se despertó.

Al filo del amanecer, me bajé del poyo. Estiré las piernas. Según mis cálculos, ya era hora de entrar en acción. Sigilosa, procurando no tropezar con nada, fui hasta el cuarto de mi hermanito, en el fondo de la casa. Ahí estaba él, con la ventana abierta, arrebujado entre las sábanas. Ajeno al calor, a la inminente visita de Michelle y a mis propósitos, dormía como un tronco. Vaya sueño glorioso, pensé.

Ni el Bebo ni yo trabajábamos. Con nuestros antecedentes, nadie nos hubiera dado un empleo que no fuese en la agricultura o en la construcción. No eran antecedentes penales, no habíamos cometido ningún delito. O quizá sí. Depende del punto de vista. Hay acciones,

---

4 Personaje de *Brat'ya Karamazovy* (Los hermanos Karamásov), última novela de Fiódor Dovstoievski, publicada en 1881. Al principio de la novela, está de novicio en un monasterio ortodoxo. (Se suponía que la novela contaría la historia de su vida piadosa y eslavófila. Sin embargo, el personaje más brillante y atractivo, el auténtico protagonista, es su hermano Iván, nihilista, pro occidental y bellaco. Menos mal, digo yo, pues mucho me temo que con el pobrecito Aliosha nos hubiésemos aburrido de lo lindo. ELP).

u omisiones, que son legales en unos países y en otros no, según el sistema de gobierno. De manera que sobrevivíamos, mal que bien, gracias a las remesas que nos enviaba un amigo de papá desde los Estados Unidos. Se suponía que en algún momento de nuestra era partiríamos al exilio, para volver a reunir a la familia, o lo que quedaba de ella. Pero hacía falta un permiso de salida de Inmigración, que no llegaba (aún no llega). El Bebo, con su problema de la columna, no era apto para el servicio militar. Eso era bueno, porque en caso contrario se hubiera declarado objetor de conciencia y sabe Dios lo que hubiese ocurrido. En cuanto a mí... digamos que apenas existía, que apenas existo. Vamos, que no peso ni cien libras. Según los hombres de este país, tan adictos a las masas y los volúmenes, soy ojos verdes, pelo largo y nada más. ¿Qué interés podría tener alguien en retenerme en un lugar o en otro? Nada, que no entiendo la demora con el permiso de salida. Pero me da igual. Oh, sí. Ya desde entonces me daba igual. En esta vida hay muchas cosas que no entiendo.

El Bebo tampoco entendía. Pero él sí que se lo tomaba a pecho. Durante algún tiempo estuvo muy, pero que muy ansioso, incapaz de concentrarse en nada, loco porque acabáramos de largarnos de una cabrona vez –decía–, a cualquier parte, aunque fuera a Tombuctú. Porque además sentía que nos vigilaban, que habían pinchado nuestro teléfono para espiar nuestras conversaciones privadas, que merodeaban por los alrededores de la casa (vestidos de paisano, claro, para que no se les viera lo policial, ¡como si pudieran engañar a alguien!), en fin, que pretendían aniquilarnos. Yo le preguntaba quiénes y él me respondía que ellos. ¿Quiénes más podrían ser? Ellos. Los perros. Los hijoeputas. Los de siempre. Yo le preguntaba si estaba seguro, si no serían figuraciones suyas, sí, porque a fin de cuentas era un poco absurdo... Él me miraba con cara de horror. Decía: ¿Un poco queeeeeé? ¡Ay, María de las Mercedes Maldonado! ¡Tú como siempre, en las nubes, en los jardines colgantes de Babilonia![5] Estás más loca... Entre eso y la muerte del Nene, tan inexplicable, mi hermanito estuvo al borde de una crisis de nervios.

Entonces, un buen día, se iluminó. O sea, decidió que estaba bueno ya de ser católico, lo que para él equivalía a ser razonable en exceso,

5 Jardines del palacio del rey Nabucodonosor II, del siglo VI a. C., considerados una de las siete maravillas del mundo antiguo. (Estar ahí, según mi maestra de tercer grado, era algo así como estar en las nubes, volando en el zepelín de la bobería en vez de atender al pizarrón. ELP).

falto de pasión, de auténtico fervor religioso, y se metió a protestante. Se hizo evangelista, creo. Aunque no estoy segura. Tal vez fuese luterano, o anabaptista, o pentecostal... En realidad no sé. Era una secta cuyos practicantes se la pasaban dando brincos y alaridos. A veces caían en trance y se revolcaban por el piso, ponían los ojos en blanco y hasta soltaban espuma por la boca, vaya, como si tuvieran un ataque de epilepsia, y consideraban todo eso terriblemente espiritual. Yo respeto las creencias de los demás, de veras que sí. Pero aquellos creyentes espasmódicos y vocingleros me ponían los pelos de punta. No podía con ellos. Cuando venían a casa, me encerraba en mi cuarto. Sí, para que no me dijeran que yo llevaba colgado del cuello un instrumento de tortura. ¡Dios mío, un instrumento de tortura! Los muy anormales se referían a una crucecita de oro de lo más inofensiva. Y si empezaban con los aullidos y los berridos, me iba al parque de la esquina y me sentaba a leer en mi banco favorito, debajo de un flamboyán. Por cierto, ahí leí un libro que ahora mismo no recuerdo de qué trata ni quién lo escribió, pero que me gustaba muchísimo en aquella época, no sé por qué. *La campana de Islandia*, creo que se llamaba.[6] ¿No es un lindo título? Pero volvamos a los evangelistas, o quienes fueran. La cuestión con ellos es que, pese a toda la bullanga que armaban, en cierto modo ayudaron a mi hermanito. Eso hay que reconocerlo. Con sus extravagancias lo mantenían entretenido, a salvo de la angustia, el alcoholismo y las noches de insomnio. Verdad que se volvió muy latoso con lo del Señor que nos ama a todos, pero al menos dormía tranquilo de vez en cuando. Como aquella madrugada, en vísperas del huracán Michelle, en que entré a su cuarto subrepticiamente.

Cogí la linterna y el llavero, que estaban encima de la mesita de noche. Los vientos ya comenzaban a soplar con alguna fuerza, pero aún había una calorana sofocante, por la baja presión atmosférica. Sólo enfriaría más tarde, cuando empezara a llover. Dudé por un segundo entre cerrar o no la ventana. Preferí dejarla abierta. No quería que el Bebo se despertara aún. ¿Para qué? Ya se despertaría más adelante, cuando la cosa se pusiera realmente fea. También me pregunté si no debía dejarle una nota. Las personas que toman la decisión que

6 Novela del escritor islandés Halldór Laxness (1902-1998), ganador del Premio Nobel de 1955. (Y del Premio Stalin de Literatura en 1952. Para la Academia de Estocolmo, por lo visto, algunos colaboracionismos son respetables y otros no. ELP).

yo he tomado suelen dejar notas antes de ponerla en práctica. Escriben algo como «No se culpe a nadie...» o, por el contrario, «La culpa la tiene Fulano de Tal...», o qué sé yo. Todo eso siempre me pareció muy patético. Vamos, como si quisieran darle una suprema importancia a un acto que, si lo miramos con un poco de objetividad, no es nada relevante. Ya sé que hay otras opiniones al respecto, pero en fin. Sea cual sea el asunto de que se trate, siempre hay otras opiniones. Si algo se sobra[7] entre las personas, es justo eso: las opiniones. De cualquier modo, yo no hubiera sabido qué escribir en mi nota sin que sonara falso o ridículo. El Nene siempre me decía que tengo talento para la literatura, pero no sé, no lo creo. Toda mi obra (¡je je, mi obra!) se reduce a cinco o seis cuentos, de los cuales he publicado sólo uno, en una revista mexicana. Así que no le dejé al Bebo ninguna nota. Ahora me pregunto si, de haberlo hecho, eso no hubiera cambiado el curso de los acontecimientos. Quién sabe. Me parece que no.

En mi mente, le di un beso a mi hermanito. Y un abrazo. Y muchos besos más. Aunque yo no sea tan fervorosa ni tan pasional, tampoco soy una piedra. Me hubiera gustado tocarlo de verdad. Pero no debía correr riesgos. De manera que me despedí sólo en mi mente. Le dije que lo quería mucho-mucho, a pesar de las latas evangelistas (era cierto). Que ojalá no me extrañara demasiado. Le deseé suerte con lo del permiso de salida, que le llegara pronto y pudiera reunirse con papá. Y me fui, antes de que los vientos comenzaran a arreciar y las hojas de la ventana a dar bandazos. Nunca volvimos a vernos.

Cuando salí al portal ya amanecía, aunque apenas había luz. El cielo estaba tan empedrado, tan gris, que deprimía a cualquiera. El olor a humedad era muy fuerte. De un momento a otro empezarían a caer los primeros goterones. Y luego, casi enseguida, el diluvio. Por las condiciones del tiempo, era evidente que Michelle ya había entrado en la isla grande. ¿Por dónde? Vaya uno a saber. Si el ojo del ciclón atravesaba La Habana, de por sí tan destruida, sería la catástrofe más colosal de los últimos cincuenta años. Por un instante sentí algo parecido al patriotismo. Odié a Michelle.

Del portal salí al pasillo exterior que conduce al garaje. Las ventanas laterales de la casa contigua estaban todas cerradas. Estupendo, pensé. No quería que nadie me viera.

---

7 Aunque el *DRAE* no reconoce 'sobrar' como verbo reflexivo en ninguna de sus acepciones, en Cuba se emplea así. Es un cubanismo sintáctico.

Abrí el portón. Ahí adentro, en el garaje, estaba oscuro como boca de lobo. Olía a herrumbre, a moho, a gasolina. Con la linterna encendida, me subí a la camioneta Ford y traté de ponerla en marcha. No era fácil. Lo logré al tercer intento. No revisé el tanque del combustible, pues ya lo había hecho la tarde anterior. Esa camioneta era una antigualla, una auténtica pieza de museo. Cada vez que un turista la veía, enseguida quería comprarla. O si no, retratarse junto a ella. O filmarla en movimiento. Verdad que se movía de puro milagro, sin que le hubieran cambiado un solo componente en más de cuatro décadas. Si no es un récord Guinness, le anda cerca.

Ya en la calle, miré por el retrovisor. El portón seguía abierto. Pero no iba a apearme para cerrarlo. Qué va. En el garaje no había nada que pudieran robarse, y a lo mejor hasta servía de refugio a alguien. Siempre hay vagabundos, pordioseros, borrachos, viejos locos que se fugan de sus casas y luego no tienen dónde meterse cuando llegan los huracanes. También hay perros y gatos callejeros. En fin, todo lo que yo deseaba era alejarme de allí lo más rápido que pudiera. A estas alturas ya había empezado a llover y el viento sacudía las copas de los árboles como si quisiera desguazarlas. De modo que arranqué veloz... bueno, más o menos veloz, rezando por que el dinosaurio Ford no fuera a darme candanga[8] justo ahora.

Creo que rodé varios kilómetros sin rumbo fijo. Di algunas vueltas. Llegué hasta el puente de hierro del Almendares y luego regresé, por un camino distinto. No me interesaba ir a ningún sitio en particular. Sólo rodaba y rodaba. La lluvia era cada vez más intensa. El viento la inclinaba ora en una dirección, ora en otra. Hacía remolinos, espirales, trombas. Yo iba un poco despacio, pero sin detenerme. Al principio tenía cierta visibilidad. Recuerdo vagamente las calles del Vedado, sombrías, desiertas, sin vehículos ni peatones. Las farolas del alumbrado público, apagadas. Las de la camioneta, igual. Yo era como un fantasma que recorría una ciudad fantasma. Por primera vez en muchos años, me sentía feliz.

El paisaje fue desdibujándose tras la cortina de agua. Era de esperarse. Nada puede un limpiaparabrisas de medio siglo contra la lluvia torrencial. Lo último que distinguí fue una silueta humana. Yo rodaba en mi cacharro de lo más beatífica por la calle 23 y alguien,

8 *Candanga*: Cubanismo para denotar un problema u obstáculo.

no sé si hombre o mujer, iba a pie por el callejón de Montero Sánchez. O por el de Crecherie. No sé. Iba por un callejón perpendicular a 23. Se tambaleaba. Se caía de rodillas. Se levantaba, al parecer con tremendo esfuerzo, y daba unos pasos. Volvía a caerse, ahora de bruces. Volvía a levantarse. Caminaba de nuevo, con una pata coja... Hasta que la cortina de agua se convirtió en una pared de agua y ya no vi más nada. ¿Qué habrá sido de aquella persona? Jamás lo supe.

A ciegas, seguí rodando, ahora un poco más rápido. Algo *tenía* que suceder conmigo, ¿no? Estaba segura de eso. Y en efecto, algo sucedió.

De pronto, la camioneta pegó como un brinco y se detuvo. Claro que yo no tenía cinturón de seguridad. Por poco salgo disparada contra el parabrisas. De hecho, me di un buen tortazo en la frente con el timón, o con algo, no sé. ¿Qué coño había pasado? El motor seguía encendido, pero la camioneta no avanzaba. Intenté dar marcha atrás y nada, tampoco podía. Nunca se vio una camioneta más inmóvil que aquella. ¡Ni un mulo hubiera opuesto tanta resistencia! Aparte de «coño», mascullé otras palabrotas, aún más gruesas. En general no soy boquisucia. Las blasfemias, si las sueltas con frecuencia, pierden eficacia. Mejor reservarlas para las grandes ocasiones.

Mientras, un líquido tibio me corría por el rostro. Me toqué. Era sangre. Me miré en el retrovisor. La herida en la frente no lucía tan bonita. Qué raro que no me doliera. Aunque eso no tenía mucha importancia. Traté de avanzar otra vez, y nada. Se apagó el motor. Creo que si me hubiera apeado en aquel momento, quizá hubiese tenido más suerte. Pero no lo hice. Me quedé allí, dentro de la camioneta. A mi alrededor todo era agua. La lluvia repiqueteaba contra el parabrisas de un modo infernal. No sería extraño que lo reventara, pensé, y esa idea me devolvió la tranquilidad.

Lo cierto es que la camioneta se había atascado en un bache. Nada extraordinario, después de todo. Ya se sabe que las calles del Vedado, al igual que otras muchas en La Habana, están llenas de huecos, algunos muy grandes y peligrosos para cualquier vehículo. En uno de esos vine a caer. Sólo con una grúa se hubiera podido sacar la camioneta de allí. Y el problema con estos baches, aparte de los atascos y los neumáticos ponchados, es que se inundan cada vez que llueve un poco fuerte. Una simple tormenta tropical los hace desbordarse, no digamos ya un huracán. Así que el nivel del agua fue ascendiendo hasta alcanzar el motor, y éste se apagó, como es natural.

Pero eso no lo supe hasta mucho después. En aquel momento no sabía ni hostia. Encerrada en la camioneta, me molestaban el olor de la sangre, tan parecido al del cobre, y el calor. Porque había mucha sangre y mucho calor. Al menos así lo recuerdo. Me preguntaba si no sería conveniente bajar los cristales, para que se fuera el aire viciado y entrara toda esa lluvia demencial y todo ese viento que rugía como los mil demonios... Entonces fue cuando sentí el otro golpe. Ése sí me dolió. Muchísimo. Pero sólo por un segundo, o quizás menos. Tras el dolor, vino la calma. Una rara sensación de plenitud, de bienestar. Podía oír la lluvia y el viento, sí, pero muy atenuados, como si estuvieran a miles de kilómetros de allí. Luego me entró sueño. Poco a poco, me envolvió la oscuridad.

No tuve suerte. Desperté en la sala de emergencias del hospital Fajardo. Me habían puesto una transfusión, un suero, una máscara de oxígeno, un vendaje alrededor de la cabeza y no sé cuántas cosas más. ¡Hasta me habían cambiado el vestido por una especie de batilongo[9] gris! Qué rabia. Mi primer impulso fue el de arrancarme todos aquellos trastos, incluido el batilongo. Pero no pude ni mover un dedo. Me sentía muy débil, mareada, con una jaqueca espantosa.

Apenas la enfermera vio que yo me había despertado, salió corriendo. Enseguida apareció un médico. Un gordo cincuentón, con cara de cumpleaños. Lo primero que me dijo fue: ¡Ajajá! ¡Así que tenemos los ojos verdes! Y se abalanzó para estudiármelos con una linternita. Luego me quitó la máscara de oxígeno y me preguntó cómo me sentía, y también mi nombre, dirección, teléfono, parientes cercanos, etc. No le respondí nada. No tenía ganas de hablar. Él aceptó aquel silencio como lo más natural del mundo. Me preguntó si yo podía oírlo. Asentí con los ojos (hacerse el sordo es mucho más difícil que hacerse el mudo, al menos para mí). Entonces volvió a ponerme la máscara y habló él. No recuerdo todo lo que dijo, sólo algunas cosas. Lo que había caído encima de la camioneta era un álamo. Claro que no me golpeó de lleno con el tronco, pues en tal caso me hubiera hecho papilla. Vamos, quien haya visto álamos sabrá que pueden ser más altos que una casa de dos plantas. Éste, en su caída, aplastó primero

9 *Batilongo*: Voz cubana que significa bata larga de mujer.

una cerca, unos arbustos, un automóvil, y al final sólo tocó la camioneta con una de sus ramas. Yo llevaba tres días inconsciente. Aparte de la herida en la frente, que hubo que suturar, no tenía otras lesiones visibles. Me habían hecho algunas radiografías y pruebas, y nada. Todo parecía estar en orden. Pero no había que confiarse. La conmoción había sido muy fuerte. Yo debía permanecer allí, en observación, unos días más. En cuanto a lo de hablar... –sonrió–, pues no había prisa. Ya hablaría más adelante. Por el momento era mejor que guardara reposo absoluto.

Cuando el gordo se fue, eché un vistazo en derredor. En la sala de emergencias había otras camas y otros pacientes, familiares de los pacientes y amigos de los pacientes y de los familiares, enfermeras y novios de las enfermeras, la que limpia el piso, la que prepara el café, el que vende pirulíes... Nada, que aquello parecía el camarote de los hermanos Marx.[10] Todos charlaban, discutían, opinaban, interrumpiéndose unos a otros. En lo alto de una pared, frente a la hilera de camas, había un televisor encendido. A todo volumen, por supuesto. Conque «reposo absoluto», ¿eh?

Me puse a mirar la TV. Las aventuras de Michelle seguían acaparando la atención. Tras salir de acá, había continuado su paso con rumbo Noroeste por el Golfo de México, y ahora estaba acabando con la Louisiana o con la Florida, no recuerdo bien. En cuanto a Cuba, el ojo del ciclón había cruzado por el centro. A la capital sólo habían llegado las bandas exteriores. O sea, la parte más «floja» del fenómeno. Lo que yo había visto en mi accidentado paseo, toda aquella furia de agua y viento, no era nada en comparación con lo que había pasado por el centro de la isla grande, al que más tarde la ONU declararía oficialmente «zona de desastre». Hacia allá se había dirigido buena parte de la prensa nacional e internacional. Las imágenes tomadas desde el aire, que aparecían ahora en pantalla, eran todo lo horribles que cabía esperar. Pura devastación, igual que en la costa caribeña de Centroamérica.

Luego transmitieron un reportaje acerca de un pueblito llamado Jícara, en la región central. Era uno de esos bateyes[11] insignificantes

---

10 Comediantes norteamericanos de la primera mitad del siglo XX. Se refiere a la escena del camarote en el film *A Night at the Opera* (Una noche en la ópera) (1935), considerada una de las mejores de la comediografía mundial. (Mi preferido es Harpo, el mudo. Groucho me parece demasiado hablantín y, en ocasiones, bastante pujón. ELP).

11 *Batey*: Voz caribe usada en las Antillas para designar pequeños villorios en ingenios azucareros u otra clase de fincas.

que ni aparecen en los mapas. Si recuerdo el nombre es porque me hizo gracia que los lugareños se autodenominaran «jicarenses». En verdad Michelle se había ensañado con aquel sitio. No quedaba ni un bohío[12] en pie, ni una palma, nada. El aspecto de los jicarenses era muy similar al de los damnificados centroamericanos. Entre ellos no había indígenas. Sólo negros y mulatos. Por lo demás, a simple vista se les notaba la miseria, el hambre, el desamparo. Y ahora, para colmo, les había caído un huracán. Sin embargo, cuando el periodista les preguntó cómo se sentían, ellos respondieron que muy bien. Oh, sí. Maravillosamente bien. Cualquiera hubiese creído que ironizaban, pues a fin de cuentas la pregunta era un poco idiota. Pero no. Los jicarenses hablaban en serio. ¡Se sentían muy bien! ¡Habían soportado el huracán, sí! ¡Y soportarían todo lo que tuvieran que soportar por la patria y la revolución! ¡Y lucharían contra el imperialismo yanqui, sí! ¡Hasta la última gota de sangre! ¡Y que viviera por siempre el inmortal comandante en jefe! Todo eso lo soltaron a grito pelado, agitando los puños con frenesí, como para que no quedara la menor duda acerca de lo bien que ellos se sentían. Válgame Dios, pensé, y luego dicen que yo estoy loca... En la sala de emergencias se escucharon algunas carcajadas. ¡Mira p'a eso, por tu vida! ¡Están del carajo, esos guajiros ñongos![13] ¡Jo jo jo! Creo que nadie reprendió a los risueños. Ya se sabe que la gente de ciudad suele ser un tanto burlona con la gente de campo.

Si de veras el gordo creía que yo iba a decirle algo acerca de mí, estaba muy equivocado. Nada le dije, ni mi nombre. ¿Para qué? No era asunto suyo. Permanecí varios días en silencio, más callada que una ostra en el fondo del océano. Él trataba de sonsacarme, cada vez más nervioso. Me decía que los pacientes anónimos no estaban permitidos, que él no era mi niñera y no tenía por qué aguantar mis caprichos, y hasta me amenazó con remitirme al psiquiatra. Pero no consiguió nada. En cuanto pude, me fugué del hospital. Sólo entonces me enteré de lo otro.

Como se conoce, las bandas exteriores de Michelle causaron un sinnúmero de estragos en La Habana. Derrumbes, penetraciones del mar, gran parte del tendido eléctrico por el suelo, junto a los cables del teléfono, árboles y toda clase de objetos que normalmente no

12 *Bohío*: Voz caribe que significa choza.

13 *Ñongo*: Término despectivo coloquial cubano que significa bruto, zafio, ignorante. (Se usa sobre todo aplicado a la gente del campo, los guajiros, que a veces no son tan brutos nada, pero la gente de la ciudad cree que sí. ELP).

vuelan, pero que los vientos habían hecho volar. También dejaron alrededor de una decena de víctimas fatales. Eso no es mucho para una ciudad con más de tres millones de habitantes, de modo que no hubo catástrofe humanitaria. Sólo que una de esas víctimas fue mi hermanito el Bebo. Encontraron su cuerpo tirado en la calle, a unas cuadras de casa. Estaba muy magullado, con fracturas múltiples, una de ellas en la base del cráneo. Qué sucedió exactamente, no lo sé. Creo que nunca lo sabré. Dadas las circunstancias, me temo que resultaría muy difícil, tal vez imposible, averiguarlo. Y para qué especular, para qué, me pregunto, si de todas formas él no va a volver...

Ahora estoy sola en nuestra casa del Vedado. Ya ni sé por qué digo «nuestra». Debe ser por la costumbre. El permiso de Inmigración aún no llega. El amigo de papá sigue enviándome algún dinerito mes tras mes, y con eso voy tirando. La camioneta Ford, como es de suponer, después del incidente del bache y el álamo, pasó a mejor vida. Tengo una cicatriz bien fea en la frente, pero me da igual. Si la oculto detrás de un flequillo es para no llamar la atención en la calle. No soporto que los extraños anden mirándome, siempre me ha gustado pasar inadvertida. No voy a acudir a un cirujano plástico, suponiendo que esa posibilidad estuviera a mi alcance, por la misma razón que no voy a tener un perro, ni voy a ocuparme de arreglar el jardín, ni voy a intentar escribir una novela... Nada de eso tiene sentido para mí. Porque persisto en mi decisión. Vaya si persisto. Cada año, desde el 1ro de junio hasta el 30 de noviembre, que es la temporada ciclónica, me dedico a ver los noticieros en la TV. Así me entero de lo mal que anda el mundo y de lo bien que está todo en mi país. Pero lo que más me interesa es el parte meteorológico. Oh, sí. No me pierdo ni uno. Como Penélope a su Odiseo, yo espero un huracán.[14]

---

14 En *La Odisea*, de Homero, Penélope espera durante veinte largos años el regreso de su cónyuge Odiseo, rey de Ítaca, a quien le fue siempre fiel. (Y mira que él no se lo merecía... Pero el amor es así, nada tiene que ver con lo que la gente merezca o deje de merecer. ELP)

En vísperas del accidente

Frente a la vidriera de una tienducha donde venden artículos para gente *heavy*, Jani advierte que ha dejado el móvil en el carro, tres cuadras más abajo. Me dice que vayamos *las dos* a recogerlo. No tengo ganas de regresar al parqueo, le digo.

Jani arruga el ceño. No le gusta dejarme sola en la calle. Teme que me esfume entre la muchedumbre.

—Ve tú, mamita, que yo te espero aquí –le digo–. Ese móvil no pesa tanto, créeme. Podrás acarrearlo sin mi ayuda.

—Muy graciosa –masculla, y se aleja.

Vuelvo a mirar el escaparate de la tienducha. Hay látigos, esposas, cadenas, prendas de cuero, una corona de espinas y otros objetos perturbadores.

Es primavera, pero hace un frío de la puñeta. Cinco sobre cero, o algo así. A media tarde el cielo está plomizo, gris como las callejuelas de adoquines, los puentes, los canales y los muros altos que conforman este enrevesado laberinto medieval, más conocido como el Barrio Rojo de Amsterdam.[1]

Entre los cachivaches del escaparate me llaman la atención unos tubitos blancos, largos y curvos como colmillos de elefante, sólo que su diámetro es mucho menor. Hum. Me pregunto para qué coño servirán. Los observo desde distintos ángulos, y nada. Ni idea de su función. Me precio de ser una chica imaginativa, pero esto me supera.

---

1 Ver nota 15 (p.94) en «Alguna enfermedad muy grave». (¡De nuevo aquí! Este cuentecito lo escribí por encargo para una antología de tema *queer* –esto es, *gay*, *lesbian*, *bi* y/o *trans*– a publicarse en Canadá. Es tan breve porque así lo quiso el antologador. Pero cuando se lo entregué, me lo rechazó. No era lo que él buscaba, argumentó, con cierta incomodidad. No le respondí, ni le pregunté, nada. ¿Para qué? Los teóricos de la supuesta literatura *queer* a menudo buscan militancia, no realismo. Para algunos de ellos, ser *queer* es una cosa muy seria, grave e importante, algo que te hace superior al común de los mortales. ELP).

De modo que entro a la tienducha y me dirijo al tipo que está detrás del mostrador. Le indico los tubitos y le pregunto –en inglés– para qué sirven.

—Para ejercer dominio, poder, control –responde en tono profesional, indiferente, con un acento áspero similar al de Jani.

—Ajá, ya estoy enterada –le digo.

Entonces el tipo, tan inexpresivo como antes, me muestra unos dibujos que ilustran el empleo de los tubitos de un modo bastante explícito.

¡Acabáramos! ¡Conque era eso! Ya lo hice antes, en mi país, sólo que sin tubitos, con más esfuerzo. Es lo que pasa cuando una vive en el subdesarrollo. Ahora me encantaría hacérselo a Jani, usando estas nuevas tecnologías. La sola idea me excita muchísimo. Hasta me siento poderosa, je je. Pero primero debo convencer a Jani, engatusarla para que se deje esposar... Esto no sale bien si tu víctima, es decir, tu pareja, tiene las manos libres. Porque entonces tratará de escapar, de defenderse. Es inevitable. Recuerdo a la muchacha a quien se lo hice en La Habana. Tuve que amarrarla con una soga, y aun así pataleó de lo lindo. Después de eso, no quiso saber más nada sobre mí. Creo que me cogió miedo.

—Tú estás muy mal de la cabeza –diagnosticó–. ¡Eres una jodida enferma!

Ahí está Jani, al otro lado de la vidriera, haciéndome señas para que salga. ¿Por qué no entra ella? Quién sabe. La inventora de esta excursión fui yo. Si fuera por Jani, siempre nos quedaríamos en Delft,[2] durmiendo temprano como un par de gallinas. Tengo veintiocho años; ella, treinta. Soy trigueña de ojos negros, 1.70 m, *femme* total; ella es rubia de ojos azules, 1.76 m, un poquito *butch*, aunque no demasiado. Según nuestros amigos, formamos una bella pareja. Pero en realidad no hay mucha química entre nosotras... Bueno, está bien, reconozco que hacer química conmigo no resulta fácil para nadie.

Compro los tubitos, unas esposas y algunos féferes[3] más. Pago en *cash*. El tipo lo guarda todo en una bolsa de plástico rojo, y me la da. No me advierte que esos tubitos, en combinación con la ira, las drogas o la mera torpeza, pueden ocasionar a la víctima un daño permanente, e incluso la muerte. No es asunto suyo, vamos.

---

2 Ciudad localizada a unos 50 kilómetros de Amsterdam, en Holanda. (Muy tranquila y apacible, como los cuadros del Vermeer, quien nació y vivió allí. Es fácil meterte en líos en Amsterdam; en Delft también se puede, pero cuesta más trabajo. ELP).

3 *Féferes*: Voz cubana que significa baratijas.

Tomadas del brazo, Jani y yo paseamos por el laberinto. Hay muchas personas pululando por las callejuelas, cada vez más a medida que cae la tarde. Las oigo parlotear en distintos idiomas. Amsterdam es famosa por sus índices de violencia, pero yo la encuentro muy pacífica. La marihuana es legal. Vemos a un hatajo[4] de fumatas[5] riéndose, de lo más felices, en un bar que hace esquina. En otra tienducha venden animalejos de barro –ositos, perritos, conejitos– enredados unos con otros en las diversas posturas del *Kama Sutra*.[6] Una marquesina rutilante anuncia un *show* sadomasoquista para las diez y media de esta noche. Chicas de todas las etnias del mundo se exhiben en tanga tras las vidrieras. Le pregunto a Jani por los chicos, dónde están. Soy *bi*, ella no. Así que se encoje de hombros. Algunas chicas fuman plácidamente en sus cubículos, hojean revistas, se liman las uñas. Otras hacen guiños a los transeúntes, les sacan la lengua. Una se vira de espaldas, se baja la tanga y les enseña el culo a un rebaño de viejitos –y viejitas–, quienes la contemplan extasiados y la vitorean en francés. Jani y yo nos besamos en la boca sin que nadie se ofenda por eso. La exhibicionista del culo –trigueña más oscura que yo, quizás hindú o árabe, preciosa– nos tira un beso que se me antoja solidario.

Jani luce algo incómoda, nerviosa. Tal vez teme que aparezca de súbito algún pastor calvinista y nos pastoree a todos rumbo al infierno. Por otro lado, su feminismo hace que juzgue la pornografía y la prostitución como actividades denigrantes para la mujer. En mi opinión, lo denigrante y lo mierdero es que ella se considere superior a mí y a la mayoría de estas chicas sólo porque no tuvimos la suerte de nacer en Holanda. Sé lo que Jani piensa, aunque no lo diga. Yo tampoco hablo. ¿Para qué? Nunca nos entenderemos realmente. Así que prefiero flotar en la superficie de las cosas. Jani es muy bonita. Si por fin el Parlamento aprueba lo del matrimonio *gay*, me casaré con ella.

---

4 *Hatajo*: Término despectivo para designar un grupo de personas. (Aunque yo no desprecio a los fumatas. No consumo drogas de ninguna clase, pero igual opino que todos los adultos que deseen consumirlas están en su derecho a hacerlo y que la prohibición de este tipo de sustancias, vigente en la mayoría de los países del mundo, es tan absurda como la «ley seca» y una de las causas de que exista el crimen organizado. ELP).

5 *Fumata*: Término coloquial empleado en España para designar la acción de fumar marihuana u otras drogas. Por extensión, persona que realiza la acción. (En mi país se les llama marihuaneros o marihuanos, pero esto de fumata me cuadra más. ELP).

6 Texto de la literatura sánscrita escrito por el hindú Mallanāga Vātsyāyana, parte del cual ofrece consejos sobre el acto sexual. (Algunos son realmente dignos de ser tomados en cuenta. Otros me parece que no tanto, aunque eso depende del gusto de cada cual. En todo caso, creo que el Mallanāga ese debió ser la candela. ELP).

Ahora vagabundeamos por una callejuela muy estrecha, menos concurrida que otras. Ningún carro podría meterse aquí. No hay aceras. Sólo muros altos a ambos lados y una hilera de cubículos en cada uno. Estos nidos constan de un diminuto recibidor, una habitación y, al fondo, un cuartico de baño. Cuando una chica está disponible, prende junto a la puerta de su cubículo un bombillo rojo. Cuando está ocupada, apaga el bombillo. Aquí hay muchos bombillos encendidos. Eso, bajo el prolongado crepúsculo de Amsterdam, crea una atmósfera íntima, decadente, seductora.

Jani se detiene. Sin pronunciar palabra, señala un cubículo. A través de la vidriera veo a dos chicas rubias, abrazadas, que se besan en la boca. No están fingiendo. Se besan de verdad, con lengua y todo. Me quedo fisgoneándolas.

Una de ellas se percata de mi espionaje. Mira a Jani. Vuelve a mirarme. Sin soltar a la otra, me sonríe y me hace señas, invitándome a participar. Allá voy, cómo no...

Pero Jani me sujeta por un brazo.

—No seas pervertida –susurra.

—¿Pervertida...? –repito, con la vista fija en el interior del cubículo.

La rubia que me había hecho señas suelta a la otra y sale tal como está, en tanga. Es una belleza de campeonato. Alta, sólida, con el pelo por la cintura. Tendrá unos veintidós o veintitrés años. Se abalanza sobre mí, de lo más intrépida, y me coge por el otro brazo. No puedo creerlo. Me mira como si llevara un siglo esperándome, como si yo fuera la persona más importante de su vida, su gran amor. Tiene ojos azules, más bien rasgados, misteriosos como los de un gato siamés.

Pero Jani no me suelta. Me vuelvo hacia ella.

—¿Qué te pasa, mamita? ¿Crees que voy a dejarte sola? Anda, ven tú también...

—¡No seas pervertida! –chilla.

Me vuelvo hacia mi gata siamesa, quien me acaricia el rostro con una manita fría. Por debajo del sostén se le marcan los pezones erizados. Me preocupa su situación. Si sigue ahí, con esa vestimenta, va a pescar una pulmonía. Pero no es a mí a quien debe arrastrar a su madriguera, sino a Jani. Yo entraría de muy buena voluntad. Oh, sí.

Ya me veo con tres rubias para mí solita, feliz cual fantasma vikingo en su paraíso Valhala...[7]

Jani se berrea. Pega una patada en el suelo. Olvida el inglés y se pone a despotricar en su idioma. Sobresaltada, mi gata la mira. Luego sonríe burlesca. El neerlandés suena como si hablaras en alemán con una papa cruda atravesada en el gaznate. Mi gata exclama algo en ruso, me suelta, y se echa a reír. ¡Dios santo! No creo que lleguen a entenderse. Yo tampoco las entiendo. Me acomplejo. Suelto algunas palabrotas en español, para que vean estas rubias que también yo hablo un idioma que ellas no entienden.

Claro que al final Jani se sale con la suya. Cero rusas. Ahora vamos en el carro de regreso a Delft. Me perdí el *show* sadomasoquista. ¡Mierda! Pero no importa. Ya montaré mi propio *show* cuando lleguemos a casa. Porque estoy enojada, MUY enojada, aunque por el momento me cuido mucho de mostrarlo.

Jani conduce. A cada rato me lanza una mirada inquieta, la muy aguafiestas. Sé que está en baja. Teme perderme. Así las cosas, será fácil convencerla para que se deje esposar. Estoy segura de eso. Y después, los tubitos. Esta noche pretendo lucirme. ¿No dice Jani que soy pervertida? ¡Pues ya verá lo que le espera!

---

7 Del antiguo escandinavo *Valhöll*, que significa «sala de los muertos». En la mitología nórdica, enorme salón presidido por el dios Odín donde se reunían al anochecer los guerreros vikingos caídos en combate. (Entre los banquetes y las valquirias, se la pasaban divinamente. ELP).

El sueño secreto de Cenicienta

Antaño vivía en nuestro pueblo un doctor, viudo y moderadamente acaudalado, sin más familia que una hijita preciosa, rubia como la cerveza, llamada Cleis. Muy enfermo del corazón, por no dejar a la niña sin amparo, contrajo matrimonio con su ama de llaves, una respetable señora, viuda también, que tenía dos hijas, Lotta y Regan, y parecía querer mucho a Cleis.

Yo sabía que esa pájara de cuentas, lejos de querer a Cleis, la odiaba, que sólo fingía. Pero no dije nada. Total, ¿quién iba a escucharme? Poco después el doctor murió y la señora quedó a cargo de su casa y de las tres niñas.

Tras los funerales, dejó de fingir. Contrató a un leguleyo sin escrúpulos, quien hizo maraña con el testamento, despojando a la huerfanita de su herencia. No conforme con eso, la ex ama de llaves relegó a Cleis al cuartucho de atrás de la cocina, le quitó sus juguetes, le cambió sus baticas[1] por unos andrajos y la puso a cocinar, barrer pisos, fregar ollas, lavar, planchar, etc., de la mañana a la noche, día tras día. Abrumada, la niña abrió la boca para protestar por aquel abuso. Pero su madrastra se la cerró de un sopapo.

Aborrecía a Cleis por su belleza. Rabiaba al compararla con sus hijas, ahora aposentadas en la antigua alcoba de la rubita, con baticas finas y otros privilegios. Lotta, la mayor, era una fea del montón, gordezuela y con esa mirada opaca de las personas muy obtusas. Era engreída y chillona, y se la pasaba hostigando a Cleis. En cuanto a Regan, sí que era fea con ganas: escuálida y jorobada, bajita, con ojos de búho. Taciturna como ella sola, nunca le dirigía la palabra a su hermanastra, ni a nadie. Pocos la oyeron hablar alguna vez.

---

1 *Batica*: diminutivo de bata, vestido femenino.

Aunque a primera vista podría parecer que sí, Cleis jamás se resignó a su desventura. A los 15 era toda una experta en labores domésticas. Tanto así, que empezó a lavar y planchar ropa, a escondidas de su madrastra, para otras señoras de nuestro pueblo. Sin descuidar los quehaceres de su propio hogar, desde luego. Esas otras señoras, a diferencia de la ex ama de llaves, le pagaban por su trabajo. No mucho, pero le pagaban. Y la huerfanita iba reuniendo poco a poco el dinero, con la idea fija de comprar en la estación ferroviaria un boleto de ida para subir al tren y escapar de aquí para siempre.

Tenía un sueño secreto: convertirse en actriz de telenovelas. Con aquel rostro de ángel, las piernas largas y el busto espléndido, a los 17 ya era lo que se dice una rubia de lujo, una Marilyn.[2] Cualquier canal de TV la hubiese contratado como «damita joven», o sea, la dócil heroína del culebrón que se la pasa llorando cual Magdalena durante los primeros 499 capítulos y sólo triunfa en el 500, que es el último. Pero Cleis encontraba eso de lo más aburrido y estúpido. Para desdicha ya tenía de sobra con su propia vida. En TV anhelaba interpretar a la «villana», es decir, a la tipeja maligna que goza de lo lindo cometiendo toda clase de tropelías durante los primeros 499 capítulos y nomás cae en desgracia en el 500. Claro que por su *look* era harto difícil que le dieran a ella ese papel.

Yo conocía el sueño secreto de Cleis (no me pregunten *cómo*, simplemente lo conocía) y esperaba que ella, pese a los múltiples obstáculos, lograra algún día hacerlo realidad.

A un par de millas de nuestro pueblo, cerca de la colina, hay una mansión donde años atrás un multimillonario aterrizaba de vez en cuando en su helicóptero y se quedaba a pasar el fin de semana. Era un tipo superexclusivo. No se relacionaba con los lugareños ni para darles empleo, pues hasta sus criados venían de afuera. Por eso nos sorprendió tanto en el otoño de 19..., poco antes del cumpleaños 18 de Cleis, cuando anunció, a través del diario local, una gran fiesta que ofrecería en la mansión, a la cual estábamos invitadas todas las jóvenes solteras de la comarca, entre las que –¡y esto era lo más fantástico!– eligiría él a su futura esposa.

---

2 Alusión a Marilyn Monroe (1926-1962), *sex symbol* del cine hollywoodense. (Admirar su rotunda belleza es considerado por algunas feministas «políticamente incorrecto», puesto que se trata, según ellas, de un estereotipo glamouroso, discriminatorio, opresivo, frívolo, sexista y no sé qué más. Pobre Marilyn. Cuánta incomprensión. ELP).

Yo había visto una foto suya en la revista *Forbes*,[3] donde lo entrevistaban a propósito de no sé qué negocio que se traía con un jeque saudí. Era un señor de treinta y tantos, bronceado y sonriente, muy carismático. Intuí, sin embargo, que algún fallo tendría, pues los tipos que salen en *Forbes* no se casan con muchachas pueblerinas. Pero no dije nada. ¿Para qué? En nuestro pueblo todas las solteritas se habían alebrestado[4] con el anuncio. Andaban como locas, preparándose para la fiesta, a ver quién de ellas se llevaría el gato al agua.[5]

La ex ama de llaves, truco mediante, encerró a Cleis en su cuartucho, para impedirle asistir al sarao del ricachón, donde sin duda les robaría a sus hijas aquel magnífico prospecto de marido. Bueno, se lo robaría a Lotta. Porque Regan, hay que admitirlo, estaba descalificada de antemano por su joroba.

En un principio Cleis no tenía en mente ir a la fiesta. Soñaba con ser actriz, no con pescar un millonario. Carecía, además, de ropa adecuada para la ocasión. Mas se enojó tanto con la vileza de su madrastra que, sólo por fastidiarla, se fugó por una ventana, invirtió sus ahorritos en un vestido que no sería muy Óscar de la Renta[6] pero al menos era nuevo, hurtó un par de zapatos de Lotta (calzaban el mismo número) y se fue a la mansión haciendo autostop.

Por mi parte, no me hacía ilusiones acerca de mis aptitudes para seducir al magnate. Pero imaginaba que en su fiesta servirían trufas, caviar y otras delicias, de modo que partí en bicicleta rumbo a la colina.

La mansión era inmensa y opulentísima, como el palacio de un príncipe. Mármol, cedro, muebles de diseño, lámparas halógenas, obras de arte moderno, camareros que iban y venían diligentes. Había cientos de muchachas, ya que no sólo estaban las de nuestro pueblo, sino también las de los otros pueblos de la comarca.

---

3 Revista de temas financieros, muy conocida por las listas que publica de las personas más adineradas del mundo. (Cuando puso a Fidel Castro, hace unos años, como el séptimo hombre más rico de nuestro planeta, el aludido cogió tremendo berrinche. Lo recuerdo en la tele, indignado, jurando no poseer «ni un dólar». Ahora bien, yo sospecho que lo que realmente le ofendió fue que no lo pusieran de primero. ELP).

4 *Alebrestado*: Cubanismo que significa alborotado.

5 *Llevar el gato al agua*: Frase coloquial que significa triunfar en una competencia, salir ganancioso. (Si yo fuera el gato, no me gustaría demasiado que dijeran esto. ELP).

6 Modista dominicano, uno de los más renombrados diseñadores de la segunda mitad del siglo XX. (De lo más versátil, con un concepto de la elegancia que se mueve al ritmo de los tiempos. Mi único vestido «de noche» fue diseñado por él. No en exclusiva, desde luego. No hay plata para eso. Y aunque la hubiera... ELP).

Nadie se molestó en presentarnos formalmente una por una. Se respiraba un aire de suma tolerancia, quizá porque las mamás no habían sido invitadas. Y las jóvenes, claro, aprovechamos para portarnos mal. Yo, por ejemplo, me soplé enseguida no sé ni cuántas copas de Dom Perignon.[7] Ya había cogido perra juma[8] cuando irrumpió Cleis, con el pelo suelto, más bella que nunca.

Debido al champán, mis recuerdos del aquelarre son muy fragmentarios. El estupor de Lotta ante la fulgurante aparición de su hermanastra. El príncipe azul en lontananza, idéntico a su foto en *Forbes*. La música de Nirvana, la banda de moda por aquel entonces.[9] El millonario bailando con Cleis en el centro de un salón a oscuras, con lucecitas de colores que giran veloces en una onda de lo más psicodélica. Risas, cigarrillos, copas. La rubia y el príncipe, besándose en la boca enfrente de todos. Alguien bajo una mesa, esnifando[10] polvo boliviano[11]. El ricacho y la huerfanita, enredados como pulpos, perdiéndose escaleras arriba. La histeria de Lotta al verlos (aunque sus alaridos no se oyen, gracias a los de Kurt Cobain)[12]. Yo, alejándome en zigzag con una botella de champán que he rapiñado. Mareada pero feliz, doy un traspié que casi me caigo en la piscina. Yo, en el jardín trasero con mi botella, ocultándome tras unos matojos, sabrá el diablo por qué.

De súbito reaparecen el anfitrión y Cleis. No me ven. La huerfanita viene huyendo, el magnate la persigue. Ella tiene el vestido rasgado de arriba abajo. Él lleva pantalón y corbata, pero no camisa. Ella, con cara de pánico. Él, con jeta de maníaco. ¡Dios mío! ¿Estaré alucinando? Ya la alcanza, la coge por un brazo. Ella se vira y le encaja un rodillazo en la entrepierna. Él aúlla, la suelta, se cae.

---

7 Marca de champán superior de la firma Moët et Chandon. (Muy bonito, dorado y con burbujitas, y con un sabor delicioso, que te acaricia por dentro. Pero ojo con pasarte de la raya, pues deja una resaca infernal. ELP).

8 *Perra juma*: Coloquialismo del habla caribeña que significa fuerte borrachera.

9 Banda norteamericana de grunge, género musical asociado al rock alternativo, de fama internacional en los 90s. (El sonido de Nirvana no me fanatiza especialmente, aunque sí me cuadran muchas de las letras de Kurt Cobain. Algo similar a lo que me sucede con Jim Morrison y The Doors. ELP).

10 *Esnifar*: Anglicismo incluido en el *DRAE* y empleado en toda el área hispanohablante. Significa aspirar por la nariz cocaína u otra droga en polvo.

11 *Polvo boliviano*: Cocaína. (Los primeros lectores de este cuento, dos colombianos, se divirtieron de lo lindo. Pero yo me pregunto qué opinaría el señor presidente de Bolivia, Evo Morales, acerca de la nacionalidad del polvo. ELP).

12 Kurt Donald Cobain (1967-1994), cantante, compositor y guitarrista, líder de Nirvana. (Figura de culto, al nivel de Janis Joplin o de Jimmy Hendrix. Se suicidó, según hizo constar en su testamento, porque estaba muy aburrido. No lo dijo así, pero ésa era básicamente la idea. ELP).

—¡Hijoeputa! –le grita Cleis.
Y escapa, a toda prisa, largando un zapato por el camino.

Al día siguiente, leímos otro anuncio en el diario local: el magnate se casaría con la joven a quien le sirviera un zapato que él había hallado en el jardín trasero de su mansión. Ya andaba con un criado, zapato en mano, recorriendo la comarca en pos de la afortunada.

Las solteritas, comenzando por Lotta, se entusiasmaron de nuevo. Cleis, por el contrario, se aterró. Tanto, que le pidió plata a su madrastra para subir al tren de inmediato y borrarse del mapa.

—Ése –dijo, muy nerviosa– me busca *a mí*. Y no es tan gentil como parece. ¡Quia! Es un enfermo, un demente... ¡Ayúdeme, se lo ruego!

A la señora le importaba un bledo lo que el millonario le hubiese hecho a su hijastra. Pensó que ésta seguramente lo había provocado. Pero igual le dio el dinero para un boleto de ida, pues calculaba que, sin la odiosa huerfanita de por medio, tal vez el ricacho se fijara en Lotta.

Cleis se marchó de nuestro pueblo aquella misma tarde. Fui a la estación a despedirla, en silencio. Recuerdo que me sonrió, un tanto asombrada.

El zapato de marras le servía a media comarca. Lotta ganó aquel certamen sólo porque tenía el *otro* zapato. Por consejo de la señora, además, se había teñido el pelo de rubio. El magnate la miró perplejo. La recordaba distinta. Aun así, acabó comprometido con ella. Y la ex ama de llaves, jubilosa, creyó haber realizado una jugada maestra. Yo sabía que no. Pero no dije nada, como de costumbre.

Ni boda hubo. Una semana después de oficializado el noviazgo, el cadáver de Lotta amaneció flotando en la piscina de la mansión. Tenía marcas de golpes y de ligaduras en las muñecas y los tobillos.

Gracias a su ejército de abogados, el millonario consiguió evadir la acción de la justicia. Aunque de poco le valió, pues al año siguiente perdió el control de su helicóptero, que él mismo pilotaba, y se estrelló contra la colina.

La señora hubiera disfrutado muchísimo aquel espectáculo, con explosión, fuego y demás. Pero ni se enteró. Tras la muerte de Lotta había enloquecido al punto de ser recluida en un manicomio, donde aún permanece.

A Cleis no he vuelto a verla. En cambio, escucho a menudo su voz grave, aguardentosa, que es la idónea para una «villana» de radionovela. Debe ganar un dineral, pues ha tenido un éxito enorme en la radio, interpretando arpías de toda laya. Creo que a veces imita el estilo de su madrastra, je je.

Y en cuanto a mí, Regan, sigo acá, en nuestro pueblo, observando la vida con mis ojos de búho.

Alas rotas[1]

Llevaba ya algún tiempo con todo este malestar. Lentitud al moverme, pérdida de equilibrio, rigidez muscular, temblores en las extremidades. Pudo haber sido una enfermedad infecciosa, un trastorno endocrino o una reacción psicosomática, en fin, algo curable. Así lo esperaba, de optimista que soy. Pero nanay[2]. Entre tantas posibilidades, vino a tocarme justo la peor. En agosto de 1993, tras un minucioso estudio clínico-neurológico, llevado a cabo durante varias semanas por un equipo multidisciplinario que disponía de lo último en tecnología para realizar esa clase de exámenes, me diagnosticaron Parkinson Plus (atrofia multisistémica y posible atrofia olivo-ponto-cerebelosa).

No se alarmen por lo que va entre paréntesis. Tampoco yo lo entiendo. Bueno, ya se sabe que los médicos acostumbran hablar en marciano. Lo pongo tal cual figura en mi historia clínica, pero el quid del asunto radica en una sola palabra: *Parkinson*. Por esas fechas ya yo había visto a algunos pacientes con el mal avanzado, y también había leído la correspondencia que sostuvieran, allá por la década del 40, el traductor León Mirlas y la ex actriz Carlotta Monterey, donde ella describe, entre el agobio y el horror, lo que fueron los últimos años

---

1 Este texto, que no contiene ningún elemento de ficción, lo escribí por encargo de la revista colombiana *SoHo*. De ahí su brevedad. Sobre mi experiencia de más de una década de vida con el mal de Parkinson podría escribir mucho, muchísimo más. En 1997, luego de mi primer viaje a los Estados Unidos, mi enfermedad fue usada como pretexto por varios(as) profesores(as) de la facultad de Artes y Letras de la UH para cerrarme las puertas de la academia en Cuba. Digo «pretexto» porque lo que realmente les disgustaba era mi posición política, abiertamente crítica del régimen castrista, y mi carácter, demasiado burlesco para los espíritus solemnes. Del mismo modo, en 2008 el mal de Parkinson fue el tema central de un chanchullo organizado por otra escritora cubana para vetar mi presencia en un festival literario en Cartagena, Colombia, donde se presentaría la edición española de mi novela *Djuna y Daniel*, hecho en el cual quedó gravemente comprometida la ética profesional de varias personas. Prometo contar estas historias (con nombres, apellidos, lugares y fechas exactas, desde luego) y también otras, no tan feas, algunas incluso hasta divertidas, más adelante. De momento, aquí está lo esencial. ELP.

2 *Nanay*: Negación enfática coloquial.

de la vida de su marido, el dramaturgo Eugene O'Neill.[3] «Usted no tiene idea de lo que está sucediendo, es una tragedia espantosa...», escribía Carlotta.

La ciencia, todavía hoy, no ha logrado encontrar un tratamiento realmente efectivo contra el mal de Parkinson. Los estragos que ocasiona son irreversibles, y tampoco se puede frenar el avance de la enfermedad. Sólo hay, gracias a la obra inmensa del farmacólogo Arvid Carlsson,[4] algunas drogas que alivian los síntomas. De manera que, en 1993, me hicieron un pronóstico bastante sombrío. Según el neurólogo que me dio la noticia, era altamente probable que el mal, en mi caso, evolucionara en forma muy dramática. Debido a mi edad de entonces (20 años), más bien rara entre los enfermos de Parkinson, era de esperarse que el deterioro fuese ganando terreno a un ritmo galopante. Es decir, que en cuestión de pocos meses ya yo no podría caminar, ni hacer nada con las manos, ni articular palabras. La capacidad intelectual no iba a disminuir en absoluto, pero de nada me serviría. Yo quedaría, por decirlo de algún modo, enclaustrada dentro de mi cuerpo, sin posibilidad alguna de expresarme. Y el Parkinson, en sí mismo, no es letal; o sea, que aquel suplicio bien podía prolongarse por unos cuantos años. Recuerdo que prendí un cigarrillo, para digerir con ecuanimidad tal información, y el neurólogo no se atrevió a decirme que fumar daña la salud.

En situaciones muy desesperadas, cuando la ciencia no tiene mucho que ofrecerle al ser humano, éste suele volverse hacia la religión en busca de amparo. Ahí se me sobran las opciones: soy hija de un matrimonio católico, con ancestros musulmanes (suníes) por un lado y judíos (sefarditas) por el otro. Eso sin contar los cultos afrocaribeños que proliferan en mi país, v.g. la regla de Ocha, la de Palo Monte y el vudú, que también atraen a muchísimos fieles. Pero ocurre que yo, si bien respeto todas las religiones y el derecho de cada quien

---

3 León Mirlas, escritor, traductor y actor argentino, escribió un libro sobre O'Neill y tradujo varios de sus dramas al español. Carlotta Monterey, actriz norteamericana y tercera esposa de O'Neill, lo acompañó hasta su muerte, acaecida en 1953 tras una larga agonía. O'Neill se hizo merecedor del Premio Pulitzer, por cuarta vez en su carrera como dramaturgo, por su obra póstuma *Long Day's Journey into Night* (Largo viaje del día hacia la noche), de carácter autobiográfico.

4 Farmacólogo sueco, ganador del Premio Nobel de Medicina y Fisiología en el año 2000. Descubridor de la etiología del mal de Parkinson, que es el déficit en ciertas áreas del cerebro de un neurotransmisor conocido como «dopamina», y pionero en el empleo de la L – Dopa, entre otras drogas, para suplir tal déficit de manera artificial, al menos por algún tiempo.

a vivir conforme a su fe, no soy, definitivamente, religiosa, ni tampoco recibí ninguna «iluminación» en aquel verano atroz de 1993. Opino que en el mundo hay demasiado sufrimiento inútil, sin propósito, sentido o trascendencia.

Me dediqué, pues, discretamente, a hacer algunas averiguaciones de orden práctico. Muy pronto supe que la eutanasia es ilegal en casi todas partes, y que el suicidio asistido suele juzgarse como asesinato. A los caballos se les remata de un disparo y a los perros se les pone a «dormir» con una inyección; nuestra especie, en cambio, no merece tanta piedad. Para traspasar ese umbral, yo no contaría con la ayuda de nadie. Tendría que hacerlo por mí misma... mientras pudiera. Debía estar alerta, vigilarme para no quedar atrapada en mi propia parálisis.

Conste que no soy depresiva ni tengo un temperamento melancólico ni nada por el estilo. Amo la vida. Por eso mismo, pienso que jamás debería ser un castigo. No elegimos venir al mundo, pero sí podemos decidir si nos quedamos en él o no. Veo la muerte como una salida de emergencia, la puerta lateral con el letrero de neón rojo que dice EXIT. Saber que esa puerta está ahí, que aún puedo escaparme por ella cuando ya no quiera seguir acá, es, quizás paradójicamente, lo que me ha sostenido durante todos estos años. He vivido momentos muy duros, pero siempre con la conciencia de que vivirlos ha sido, en cierto modo, mi libre elección. Esto ha favorecido también a quienes me rodean, pues ha evitado que me convierta en un bicho egocéntrico, amargado y quejumbroso.

El diagnóstico de 1993 me lo han confirmado, en varias ocasiones, otros neurólogos. El pronóstico, sin embargo, resultó erróneo. Quizá en lo relativo al Parkinson la juventud sea más una ventaja que un handicap, quién sabe; lo cierto es que la degeneración progresiva, en mi caso, ha ido avanzando muy, pero que muy lentamente. Ahora, con 35 años, estoy peor que a los 20, claro está, pero no mucho peor. Con la medicación adecuada, aún me las apaño para llevar una vida menos infeliz que las de muchos prójimos con salud de hierro.

Aún puedo caminar. Cuando se trata de largas distancias, o de un terreno muy abrupto, uso el bastón, aunque prefiero ir del brazo de alguien. Puedo subir y bajar escaleras, apoyándome en el pasamanos.

El sillón de ruedas solamente lo empleo en los aeropuertos, ya que no puedo estar de pie durante mucho rato y esas colas en Inmigración... ¡uff! Puedo viajar sola. Así he viajado por Europa, los Estados Unidos y varios países de América Latina. Con frecuencia necesito ayuda, pero no especializada; me basta con la que puedan darme una aeromoza, un guardia de seguridad o el primero que pase. Ni mi voz ni mi dicción están afectadas aún (mi acento en inglés no es muy *British* y en francés es una *merde*, pero eso no se debe al mal, sino a mi falta de gracia para los idiomas). En una habitación me valgo por mí misma para todo: bañarme, vestirme, peinarme y hasta maquillarme, aunque el rímel y el delineador se quedan para las grandes ocasiones (ya podrán imaginarse el trabajito que me dan tales exquisiteces, je je). En la mesa puedo usar cucharas y tenedores, cuchillos no. Escribo, por supuesto, directo en la computadora. Como no puedo ir rápido, trabajo todos los días. Así, he publicado cuatro novelas, dos libritos de cuentos y un puñado de articulejos. El ejercicio de la literatura no sólo es mi realización personal, sino también mi medio de vida. Hablar en público me asusta un poco. Siento que se me escucha con especial atención, como si, por el mero hecho de ser «distinta», fuera a decir algo extraordinario, cuando sólo diré las mismas tonterías que los demás escritores. En general me muevo despacio, en cámara lenta, y debo estar muy consciente de cada cosa que hago. Con el tiempo he aprendido a hallar los caminos menos tortuosos, a fin de potenciar mi energía al máximo. Detesto que otras personas se consideren calificadas para dictaminar, sin consultarme, qué puedo o no hacer, y peor aún cuando alegan que es «por mi bien»; esa presunta amabilidad suele enmascarar mecanismos controladores.

El mal de Parkinson provoca reacciones emocionales en los enfermos, desde luego, pero no altera la estructura básica de la personalidad. Un carácter apasionado, enérgico, rebelde e inconformista, no es para nada compatible con el síndrome parkinsoniano. Pero así soy, y no puedo cambiar ni lo uno ni lo otro. Son los naipes que me tocaron y con ellos hago mi juego. En su novela *El último puritano*, el filósofo George Santayana afirma que todas las cosas, tanto los objetos como las criaturas, tienden a persistir en su propio ser.[5] Estoy de

5 Jorge Ruiz de Santayana (1863-1952), filósofo, poeta y narrador norteamericano de origen español. *The Last Puritan* (El último puritano), un Bildungsroman de 1935, es su única novela.

acuerdo. Sé que es así porque lo he vivido, porque lo vivo día tras día. Un pájaro siempre tratará de emprender el vuelo, una y otra vez, aun cuando tenga las alas rotas.[6]

---

6 Ena Lucía / con la mirada / con la sonrisa / batiendo el pelo pasó de prisa / por la calleja / rumbo a su casa / de 23 entre 2 y 4 / que hace la esquina para los altos / con una reja. / Va entretenida como siempre / cuando regresa de la escuela / mirando todo lo que canta / siguiendo un pájaro que vuela... Primera estrofa de la canción, muy conocida en Cuba, que lleva por título «Ena Lucía», del trovador cubano Erick Sánchez, cuyo trabajo ha sido reseñado recientemente en la prestigiosa revista norteamericana de crítica musical *Rolling Stone*.

Thank you for acquiring

El viejo, el asesino, yo y otros cuentos

from the
Stockcero collection of Spanish and Latin American significant books of the past and present.

This book is one of a large and ever-expanding list of titles Stockcero regards as classics of Spanish and Latin American literature, history, economics, and cultural studies. A series of important books are being brought back into print with modern readers and students in mind, and thus including updated footnotes, prefaces, and bibliographies.

We invite you to look for more complete information on our website, **www.stockcero.com**, where you can view a list of titles currently available, as well as those in preparation. On this website, you may register to receive desk copies, view additional information about the books, and suggest titles you would like to see brought back into print. We are most eager to receive these suggestions, and if possible, to discuss them with you. Any comments you wish to make about Stockcero books would be most helpful.

The Stockcero website will also provide access to an increasing number of links to critical articles, libraries, databanks, bibliographies and other materials relating to the texts we are publishing.

By registering on our website, you will allow us to inform you of services and connections that will enhance your reading and teaching of an expanding list of important books.

You may additionally help us improve the way we serve your needs by registering your purchase at:
http://www.stockcero.com/bookregister.htm

www.ingramcontent.com/pod-product-compliance
Lightning Source LLC
Chambersburg PA
CBHW030341030726
47499CB00003B/860

* 9 7 8 1 9 3 4 7 6 8 2 5 9 *